젠젠다, 시간이 빨라지는 주문

젠젠다, 시간이 빨라지는 주문

초판 1쇄 펴낸날 2025년 9월 26일

지은이 이동현
펴낸이 홍지연

편집 홍소연 김선아 김영은 이예은 차소영 조어진 서경민
디자인 이정화 박태연 정든해 이설
마케팅 강점원 원숙영 김신애 김가영 김동휘
경영지원 정상희 배지수

펴낸곳 (주)우리학교
출판등록 제313-2009-26호(2009년 1월 5일)
제조국 대한민국
주소 04029 서울시 마포구 동교로12안길 8
전화 02-6012-6094
팩스 02-6012-6092
홈페이지 www.woorischool.co.kr
이메일 woorischool@naver.com

ⓒ이동현, 2025
ISBN 979-11-6755-342-3 43810

- 책값은 뒤표지에 적혀 있습니다.
- 잘못된 책은 구입한 곳에서 바꾸어 드립니다.

만든 사람들
편집 차소영
디자인 정든해

젠젠다, 시간이 빨라지는 주문

이동현
장편소설

우리는 그 시절 이미 주문에 걸려 있었다.

차례

1부 매미는 어디로　　9

점쟁이의 저주
가족의 조건
아지트
복숭아 대잔치

2부 가능성의 돌멩이　　47

젠젠다의 나날
여름 깃
길드 마스터, 블랙 윈도우
주문 리스트
이륙하기 위해선 활주로가 필요해
제자리 비행
날개 달린 심장
건강한 학창 시절을 위하여
운명의 반창고

3부 떨어지는 것은 날아오른다　　173

이별의 삼각형
날아라, 독수리
낙상 주의 표지판을 오른쪽으로 옮기자
점쟁이의 근황

작가의 말 209

1부

매미는 어디로

매미: 몸길이 약 2.5~5cm의 곤충으로, 유충 시기를 땅속에서 3~17년까지 보내며, 성장 속도와 토양 온도에 따라 때로는 계절보다 일찍 지상에 올라와 울기도 한다.

점쟁이의 저주

숙자는 운이의 눈가에 깊이 파인 상처를 보며 어쩔 줄 몰랐다. 오른쪽 눈 밑에 대각선으로 그어진 불긋한 상처. 그녀는 운이에게 자신이 보이냐고 물었다. 숙자의 허벅다리를 베고 누워 있던 운이는 고개를 끄덕였다. 다행히 시력에는 아무런 이상이 없어 보였지만 흉이 질 것 같았다. 숙자는 바삐 움직이는 구급대원들을 향해 우리 손자 좀 봐 달라고 소리쳤으나 아무도 대꾸하지 않았다. 듣고도 모른 척했을지도 모른다. 정배는 옆에 서서 눈물을 흘렸다.

"저 때문이에요. 엄마. 저 때문에, 운이가."

숙자는 그런 정배를 노려보며 조용히 하라고 말했다.

"네가 그렇게 하지 않아도 지금 충분히 정신없어. 빨리 누구든 데려와."

정배는 알겠다고 말한 뒤, 사람들이 모여 있는 곳으로 뛰어갔다. 운이는 말없이 숙자를 올려다보다가 상처가 따가운지 인상을 찌푸렸다. 주위는 시끌벅적했다. 가로등을 들이받아 전조등이 부서진 버스, 버스 안에서 나오는 사람들, 그들을 부축하는 구급대원들. 경찰이 호루라기를 불며 교통을 통제했다. 그런 상황에서 운이는 거의 버려지다시피 횡단보도 한복판에 누워 있었다. 숙자는 운이를 안았다. 괜찮다, 괜찮다고 말하며 운이를 바라봤다. 운이도 숙자를 올려다봤다. 숙자는 흐리멍덩하게 초점을 잃은 운이의 두 눈을 본 순간, 영화관에서 만난 점쟁이가 떠올랐다.

며칠 전 그녀는 식당 휴일을 맞아 운이와 영화를 보러 갔는데, 생각보다 일찍 도착한 탓에 로비에 앉아 있었다. 그러던 중 눈에 들어온 것이 '사주 봐 드립니다'라고 쓰인 팻말이었다. 팻말 옆에는 한자들이 휘갈겨 쓰인 종이가 다닥다닥 붙은 초록색 천막이 있었다. 에어컨 바람에 종이들이 펄럭였다. 풀로 붙였는지 금방이라도 떨어질 것 같았다. 천막 밖에서는 안이 보이지 않았다. 숙자는 영화 포스터에 쓰인 글자들을 차분히 읽고 있던 운이의 손을 잡고 일어났다. 그리고 천막 안으로 주저 없이 들어갔다.

안에는 고동색 뿔테 안경을 쓰고 머리가 벗어진 점쟁이가 앉아 있었다. 점쟁이는 씹던 껌을 급하게 휴지에 뱉더니 위엄 있어 보이려는 듯 고개를 뻣뻣이 들었다. 방금 목욕탕에 다녀왔는지 톡 쏘는 화장품 냄새가 났다. 숙자는 사내가 입은 개량 한복 한쪽 겨드랑이에 난 조그만 구멍이 신경 쓰여서 미간을 찌푸렸다. 숙자는 마음을 바꿨다.

"잘못 들어온 것 같네요. 미안해요."

숙자가 그렇게 말하면서 천막 밖으로 나가려 하자 점쟁이가 그녀를 붙잡았다.

"저기요. 지금 가시면 나중에 크게 후회하실지도 몰라요."

그 말에 숙자는 멈칫했다.

"뭘 후회해요."

"일단 이리 와서 앉아 봐요. 저 아이, 저 아이가 위험하니까요."

"그게 무슨 말이요."

숙자는 점쟁이 앞에 놓인 의자에 앉았다. 손을 꼭 붙잡고 있던 운이도 함께. 운이는 천막 안을 신기한 눈으로 둘러보고 있었다.

"역시."

점쟁이는 운이의 생년월일과 이름을 물어보고, 한문으로 쓰인 책을 몇 번 훑어보더니 역시, 라는 말만 되풀이했다.

"왜 그래요. 뭔가요."

숙자가 물었다. 점쟁이는 이런 말씀을 드려서 죄송합니다만, 이라고 말한 뒤 물을 한 모금 마셨다.

"저는 점을 보는 사람입니다. 앞날을 예측하는 사람이죠. 사주는 통계학입니다. 저는 철저하게 데이터에 의존해 점을 칩니다. 일반적으로 점을 보러 가면, 더욱이 이런 영화관에 딸린 점집이라면, 대부분의 점쟁이는 입에 발린 말로 손님들을 기분 좋게 만들 겁니다. 앞으로 대성할 거라는 둥, 서른 이후부터는 풀릴 것이라는 둥. 뭐, 그들을 비난하는 건 아닙니다. 미래는 알 수 없으니까요. 하지만 저는 이 아이의 앞날을 흐릿하게나마 볼 수 있었습니다. 제 말이 너무 길었죠. 딱 잘라 말하겠습니다. 놀라지 말고 들으세요."

점쟁이는 민머리를 한번 쓰다듬었다. 그리고 말했다.

"아이는 단명하게 될 겁니다."

"뭐라고?"

"생의 기운이 없습니다. 이 아이의 생은 십팔 세까지입니다. 그걸 어길 순 없습니다. 세상의 순리니까요. 마치 하루살이가 하루만 사는 것처럼. 이 아이를 위해서 우리가 할 수 있는 일은 아무것도 없습니다. 놀라신 거 이해합니다. 제가 설명을 해 드리자면 이 아이의 생년월일은……. 저기, 어디 가세요?"

숙자가 자리에서 일어나는 것을 보고 점쟁이는 정말 궁금하다는 듯이 물었다.

"영화 시간이 다 돼서. 그럼 갈게요."

숙자는 운이의 손을 잡고 천막 밖으로 나왔다.

"아니, 돈은 내고 가셔야죠."

점쟁이가 헐레벌떡 뛰어나와 숙자를 가로막았다.

"왜 돈을 줘야 하는데."

"점 보셨으니까요."

"그게 무슨 점이야."

"이게 점이에요."

숙자는 고개를 흔들더니, 장지갑에서 천 원짜리 지폐 몇 장을 꺼내 줘 버렸다. 그런 뒤 곧장 운이를 데리고 상영관 쪽으로 걸어갔다. 점쟁이는 지폐를 세면서 욕을 내뱉었다. 저주받을 거라며.

설마가 사람 잡는다지. 숙자는 자신의 허벅다리를 베고 누운 운이를 바라봤다. 여전히 눈을 떴다 감았다를 반복하고 있었다. 그녀는 문득 운이의 영혼이 빠져나가고 있다고 느꼈다. 두려웠다. 운이의 어깨를 잡고 흔들었다. 아직은 안 된다고. 내가 살아 있는 동안은 절대로 못 보낸다고.

"할머니, 이러시면 안 돼요."

어느새 들것을 든 구급대원 둘이 그녀 앞에 와 있었다. 정배는 그들 뒤에 멍하니 서 있었다.

"내 손자가 가려고 해."

숙자는 구급대원의 말에도 아랑곳하지 않고 운이를 흔들었다. 구급대원들은 어쩔 수 없다는 표정을 지었다. 그들은 숙자를 만류한 뒤, 운이를 들것에 실었다.

"괜찮아요. 지금 병원에 데려갈 거니까 걱정하지 마세요."

구급대원들이 운이가 누워 있는 들것을 들었다. 숙자는 운이 옆에 따라붙어 걸으며, 정신 똑바로 차리라고 말했다. 결국 그녀는 운이와 함께 구급차에 올라탔다. 정배도 따라 타려고 차 안으로 발을 내딛자, 숙자가 말했다.

"뭘 잘했다고 타. 넌 집에 가 있어."

곧 구급차 여러 대가 나란히 출발했다. 한쪽에서는 사고가 난 버스에 대한 처리가 이뤄지고 있었고, 경찰들은 차량을 통제하며 최대한 사고 이전 상태로 복구하려고 노력했다. 그렇게 한낮에 일어난 교통사고가 마무리되고 있었다. 시간이 조금 더 지나자, 건널목에는 정배만 덩그러니 남았다.

정배는 집으로 돌아가기 위해 백구 개의 계단을 오르며 계속해서 생각했다. 운이가 다친 것이 자기 잘못인지를. 잘못이 맞다면 나는 무슨 잘못을 한 거지? 만일 내 잘못이 아니라면 나는 왜 눈물을 흘렸을까. 정배는 알 수 없었다. 분명 자기 때문에 사고가 난 것은 맞지만, 그의 잘못은 아니었다.

아이스크림을 사러 편의점에 가는 길이었다. 신호등이 초록불로 바뀐 것을 확인하고 길을 건넜을 뿐이다. 그때 버스가 뭔가에 쫓기듯 거침없이 돌진해 왔고, 정배는 무슨 아이스크림을 먹을지 고민하느라 버스를 보지 못했다. 경적이 울리고 나서야 정배는 고개를 돌렸다. 그 순간 누군가 뒤에서 정배를 밀었다. 정배의 육중한 몸은 뒤에서 미는 힘에 의해 앞으로 넘어졌다. 뒤돌아보니 자신의 어여쁜 조카인 운이가 서 있었고, 버스는 여전히 소리를 질러 대며 돌진하고 있었다. 정배는 두 손으로 얼굴을 가렸다. 안 돼, 라고 외치면서. 펑 하고 부딪히는 소리가 난 뒤에야 눈을 떴다. 다행히 조카는 정배 눈앞에서 몸을 웅크리고 있었다. 버스는 가로등을 받아 한쪽 전조등이 부서져 있었다. 버스 기사의 욕하는 소리가 들렸다. 신호등은 어느새 빨간불로 바뀌어 있었다.

정배는 운이의 눈에 난 상처가 어떻게 생긴 건지 알 수 없었다. 전조등이 부서지면서 깨진 유리 조각 같은 게 튀어서 생긴 상처일까. 그럼 버스 기사에게 책임이 있는 걸까.

계단을 오를 때마다 오른쪽 다리가 욱신거렸다. 바지를 올려 보니 무릎에 피가 흥건했다. 사고가 났을 때 넘어지면서 아스팔트 바닥에 긁힌 것 같았다. 정배는 입술을 깨물었다. 나도 아픈데 운이는 얼마나 아플까. 사고의 잘잘못을 따졌던 자신을 반성했다. 어쨌거나 정배는 운이 덕분에 크게 다치지 않았으니까. 정배는 뒤돌아서 운이가 실려 간 병원이 있을 법한 곳을 향해 말했다. 미안해.

가족의 조건

정배는 대문을 열었다. 아직 여름이 오지 않았지만, 백구 계단을 오른 정배의 티셔츠는 반 이상이 땀으로 젖어 있었다. 반바지로 갈아입고는 곧장 마루에 누웠다. 선선한 바람이 스쳐 지나갔다. 정배는 천장을 멍하니 쳐다보다가 벌떡 일어났다. 구역거리는 이상한 소리가 들려서였다. 처음에는 어디서 새가 우는 줄 알았지만 계속 들어 보니 매미 소리였다. 맴맴-맴맴. 띄엄띄엄 두 박자에 맞춰 내는 소리. 설사 매미 소리가 아닐지라도 매미라고 믿고 싶었다. 남들보다 일찍 찾아와서 우는 매미라고. 매미 소리를 들으며 정배는 다시 마루에 누웠다.

아무도 없는 집 안은 고요했다. 한때는 정제 형 때문에 소란스러웠다. 형은 운이만 덜렁 맡겨 놓고 공부해야 한다면서 서울로 떠나 버렸다. 정배는 형이 이해가 되지 않았다. 어떻게 아들을 두고 떠날 수 있을까. 보고 싶지 않을까.

사실 형은 그전부터 집을 떠나 공부해야겠다고 밥 먹듯이 말해 왔다. 결국 아르바이트 따위를 하며 인생을 낭비할 수 없다면서 하던 일을 때려치우더니 서울로 가겠다고 했다. 엄마는 네가 그러고 싶다면 그러라고 했다. 허락을 받자마자 형은 아침 일찍 훌쩍 떠나 버렸다. 그렇게 몇 년간 명절에도 연락 한번 하지 않던 형이 찾아온 건, 정배가 식당 구석구석을 대걸레질하고 있던 어느 저녁이었다. 딸랑거리는 소리를 내며 문이 열렸다. 정배는 보지도 않고 죄송합니다만 오늘 영업이 끝났다고 말했다.

"알고 있어."

정배는 형 목소리라는 것을 단번에 알아챘다. 그는 벌떡 몸을 들어 올렸다. 역시 형이었다. 정배는 반가운 마음에 달려가 포옹하려다가, 형의 품에 안긴 아기를 보고 깜짝 놀라 한 걸음 물러났다. 주방에 있던 엄마가 나와 그건 뭐냐고 물었다. 형은 어쩌다 보니 그렇게 됐다며, 배가 고프다고 말했다. 엄마는 들고 있던 밥그릇을 던졌다. 형은 밥그릇에 머리를 맞고도 안고 있던 아기를 놓치지 않았다. 엄마는 형이 좋아하는 청국장을 끓여 줬다. 정배는 형 맞은편에 앉아 아기를 안았다. 손가락으로 아기의 볼을 콕콕 찔렀다. 아기는 웃지도 울지도 않고 눈만 땡글땡글 뜨고 있었다. 정배는 신기했다. 어쩜 이런 게 다 있을까. 엄마는 계산대에 앉아 팔짱을 꼈다.

"애 엄마는 어디 있어."

"어머니가 해 주신 밥이 세상에서 제일 맛있어요."

형이 말했다.

"애 엄마는 어디 있냐고."

엄마는 그렇게 말하며 던질 물건을 찾아 주위를 두리번거렸다. 그걸 눈치챈 형은 재빨리 아이의 엄마는 하늘나라에 있다고 말했다.

"아이 낳다가 그렇게 됐어요. 저도 혼자서 어떻게든 해 보려고 했어요. 하지만 도저히 못 하겠어요. 죄송해요, 어머니."

"그렇다고 여기로 데려와? 그럼 이제 어떻게 할 건데."

형은 국그릇을 들어 청국장을 깨끗하게 비우고 물 한 컵을 들이켠 뒤, 죄송하다고 말했다.

"뭐가 죄송해."

정배도 궁금했다.

"삶이란 게 다 그런 거 같아요. 한 치 앞도 알 수 없는 거죠. 저도 이 아이가 제게 올 줄 몰랐어요. 제가 할 수 있는 말은 이 말밖에 없네요. 죄송해요, 어머니. 저는 서울로 다시 돌아가야 해요. 곧 시험이에요. 이제 다 왔다고요. 그때까지만 어떻게 안 될까요?"

정배는 형이 말을 마치자마자 할 수 있는 말이 이 말밖에 없다면서 왜 이렇게 말을 많이 하냐고 물었다.

"이게 미쳤어. 얘는 어쩌고."

엄마가 말했다.

"죄송해요."

형은 고개를 숙였다.

"그게 무슨 개소리야."

엄마는 고개를 내저었다. 그때 정배의 품에 있던 아기가 울기 시작했다. 정배는 어떻게 해야 할지 몰라서 형에게 아기를 넘겨줬다. 아기는 자신의 운명을 눈치챘는지 서럽게도 울어 댔다. 형도 아기를 어르는 방법을 알지 못했다. 형은 엄마를 쳐다봤다. 엄마는 한숨을 내쉬었다.

운이가 온 게 바로 이 무렵이었다. 사월. 추워서 서로 몸을 맞댄 채 벌벌 떨지도 않고, 더워서 서로를 한심한 듯 쳐다보지도 않는 어중간한 계절. 정배는 그때를 생각하며 히죽거렸다.

"아저씨. 왜 웃어요."

정배는 몸을 일으켰다. 땀으로 축축하게 젖었던 티셔츠가 어느새 말끔하게 말라 있었다. 매미 소리는 미세하지만 여전했다.

"동수 왔구나."

동수가 문간에 서서 얼굴만 빼꼼 내밀고 있었다.

"네. 근데 왜 웃었어요?"

동수는 마루로 다가와 정배 옆에 꼭 붙어 앉았다.

"넌 몰라도 돼."

"뭔데요. 알려 줘요."

"별거 아냐. 그냥 옛날 생각이 나서 그랬어."

"옛날 생각이요?"

동수가 물었다.

"응. 운이가 처음 여기 왔을 때가 생각났거든. 그땐 다들 바빴어. 어머니와 나는 매일 식당에 나가 일을 해야 했고, 정숙이도 학교 다니느라 정신없었지. 결국 운이는 우리 식당에서 자랐어. 식당에서 기저귀 갈아 주고 분유 먹이고 그랬지. 운이는 대부분의 시간을 죽은 듯이 잠만 잤지만. 그게 어찌나 귀엽던지.”

"아저씨, 그런데 말이에요. 지금 운이는 어디 갔어요?"

"응?"

"운이가 집에 없는 것 같아서요. 오늘 같이 놀기로 했거든요."

동수는 집을 훑어보면서 정배의 대답을 기다렸다. 정배는 어떻게 말해야 할지 고민했다. 교통사고가 났다는 사실을 그대로 말하면 어린 동수에게 충격을 주는 것 같았고, 사고가 나지 않았다고 하자니 거짓말을 하는 것 같았다. 할머니랑 잠깐 병원에 갔다고 하는 게 좋을까. 넘어져서 생긴 상처를 치료하려고. 아니지, 그것도 거짓말이잖아. 그럼 뭐라고 말하는 게 좋을까. 있지, 운이는 말이야, 하고 정배가 입을 여는데 동수가 뭔가를 발견했다는 듯이 눈을 크게 떴다.

"아저씨."

"응?"

"지금 이 소리 뭐예요."

"뭐가."

"이 소리 안 들려요? 매에매에 하고 나는 소리요."

"아, 그거 매미야. 매미."

"매미요?"

"그래. 매미."

"아직 사월이잖아요. 매미는 여름에 있는 거 아니에요?"

"가끔 그런 별난 매미들이 있어."

동수가 고개를 끄덕였다. 정배는 동수에게 뭔가를 알려 줬다는 사실에 뿌듯함을 느꼈다.

"아저씨."

"응?"

동수는 담장 안으로 삐죽이 가지를 뻗은 나무를 가리켰다.

"매미가 저기 있는 거 같아요. 저기서 소리가 들리잖아요."

"그런가."

동수는 마당으로 달려가 나뭇가지를 물끄러미 보더니 말했다.

"아저씨, 여기 뭔가 있어요."

정배도 다가가 나뭇가지를 쳐다봤다. 타원형의 물체가 붙어 있었다. 언뜻 매미 같아 보이기도 했다.

"저게 뭘까요?"

"그러게."

"제가 키가 작아서 그러는데, 아저씨가 나무를 건드리면 떨어질 것 같아요."

"좋아. 한번 해 볼게."

정배는 마당 구석에 있는 빗자루를 가져왔다. 나뭇가지를 향해 빗자루를 휘둘렀지만 닿지 않았다. 정배는 동수를 실망시키고 싶지 않아 펄쩍펄쩍 뜀뛰기를 하면서 빗자루를 휘둘렀다. 정배가 뛸 때마다 마당에 먼지가 일었다. 마침내 빗자루가 나뭇가지를 쳤고, 짙고 조그마한 물체가 떨어졌다. 동수가 재빨리 그것을 주웠다. 동그랗게 말려 있는 껍질. 매미가 아니었다. 그것은 단지 매미가 남긴 허물일 뿐이었다. 그렇다면 매미는 수년 동안 이 껍질 속에 들어앉아 집 안에서 일어나는 소란을 무덤덤하게 지켜봤을 것이다. 그러다 결국 허물을 벗고 정교한 매미가 되어 소리치기 시작한 거겠지.

정배와 동수는 한동안 텅 비어 공허하기까지 한 허물을 신기한 듯 바라봤다.

아지트

동수는 영어 학원 입구에서 한참을 서성거리다 결국 도로 쪽으로 걸음을 옮겼다. 행여나 엄마가 쫓아오지 않을까 주위를 두리번거리며 걸었다. 그러다 학교에 있는 엄마가 어떻게 여길 오겠냐는 생각에 천천히 걷기 시작했다. 동수는 친구들이 있을 만한 피시방에 갈까 생각했지만, 돈도 없을뿐더러 옷에 꿉꿉한 냄새가 배는 게 싫었다. 발 가는 대로 걷다 보니 운이네 집 앞이었다. 영어 학원 앞에서 서성거릴 때와는 달리 망설이지 않고 초인종을 눌렀다. 사실 초인종을 누를 필요도 없었다. 녹슨 초록색 대문은 조금만 힘을 줘서 밀면 끼익 하는 소리와 함께 열렸기 때문이다. 그래도 예의라는 게 있으니까. 문이 열리고, 정배 아저씨가 나왔다.

"동수구나."

배가 동그랗게 나온 정배 아저씨는 문을 열어 둔 채 집으로 들어갔다. 마루에는 운이네 할머니와 정숙이 고모 그리고 운이가 앉아 있었는데, 모여서 뭔가를 먹고 있었다.

"안녕하세요."

동수가 들어가서 인사하자 할머니는 어서 와서 이것 좀 먹으라고 말했다.

"뭔데요?"

"복숭아."

정숙이 고모가 답했다.

"웬 복숭아예요?"

"그러게. 할머니한테 한번 물어보렴."

정숙이 고모가 심드렁한 표정을 지으며 복숭아를 한 입 베어 물었다. 할머니는 칼로 복숭아를 깎아서 동수에게 건넸다.

"어제 텔레비전에서 봤는데, 이거 먹으면 오래 산대. 너도 어서 먹어라."

"아, 그래요? 저도 오래 살고 싶어요."

동수는 웃으며 할머니가 건넨 복숭아를 입안에 넣고 우물거렸다. 정배 아저씨는 어느샌가 동수 옆에 와서 깎지도 않은 복숭아를 집어 먹었다.

"운이는 더 먹어."

할머니가 말했다.

"텁텁해."

운이는 말했다.

"맛없어, 할머니."

"억지로라도 먹어."

운이의 눈가에 난 상처는 어느덧 아물어 있었다. 하긴 사고가 난 지도 몇 달이 지났다. 눈에 띄는 정도는 아니었지만 눈 밑에 조그맣게 흉이 졌다.

"운아. 오늘 뭐 해?"

동수는 운이에게 물었다.

"오늘?"

"응."

"복숭아 먹어."

운이가 말했다.

"복숭아 먹고는?"

"고모랑 놀러 나가기로 했어. 너도 갈래?"

"어디 가는데?"

"어디 가지, 고모?"

"오늘은 내 아지트에 갈 거야."

"공부는?"

정배 아저씨가 물었다.

"오늘 숙제 다 했어, 삼촌."

"운이 말고, 정숙이."

"나? 왜?"

"아, 아니야."

"오빠. 내 공부는 내가 알아서 해."

정배 아저씨는 고개를 끄덕였다. 동수는 그 순간 정숙이 고모가 없을 때 정배 아저씨가 했던 말을 떠올렸다. 정숙이는 늘 자기가 알아서 한다고 해서 아직까지도 공부하고 있는 거라고. 정숙이에게는 선생님이 필요할지도 모른다고. 하지만 나는 똑똑하지 못해서 정숙이의 선생님이 될 수 없는 게 아쉽다고. 괜찮다면, 네가 똑똑해져서 정숙이의 선생님이 돼 주지 않겠냐고. 동수는 지금까지 자신의 부모님 같은 선생님이 되고 싶지 않아서 공부하지 않고 있었지만, 정배 아저씨의 부탁에 꼭 선생님이 돼서 정숙이 고모를 가르쳐 주겠다고 약속했다.

할머니는 복숭아 껍질과 씨밖에 남지 않은 쟁반을 들고 주방으로 들어갔다. 정배 아저씨는 일어나서 맨손 체조를 시작했다. 아저씨는 맨손 체조가 혈액 순환에 좋다는 말을 듣고 난 후부터 틈만 나면 양팔을 들고 문어처럼 흔들면서 체조를 했다. 정숙이 고모는 방에 들어가더니 가방을 메고 나왔다.

"나가게?"

할머니가 부엌에서 정숙이 고모를 바라보며 말했다.

"응. 운이랑 나갔다 올게."

"차 조심해. 길 건널 때는 파란불 되면 건너고. 알겠지?"

"초록불이야, 할머니."

운이가 말했다.

"어쨌든 간에."

"알았어."

"아저씨는 안 가요?"

동수가 맨손 체조를 하는 정배 아저씨에게 물었다.

"어디?"

"아지트요."

"난 안 가. 피곤하거든. 내일 식당에 나가서 일하려면 오늘 충분한 휴식을 취해야 해."

"그렇군요."

"자, 가 볼까."

정숙이 고모는 운이의 손을 잡았다. 동수는 운이가 어린애처럼 손을 잡고 다니는 게 웃겼다.

"동수도 이리 와."

정숙이 고모가 손을 내밀었다.

"전 괜찮아요."

"그래? 그럼 가자."

동수는 그들의 뒷모습을 보며 따라갔다. 정숙이 고모와 운이가 마당을 가로질러 대문에 다다랐을 때, 할머니는 다시 한번 차 조심하라고 말했다. 그 목소리가 너무 커서 동수는 깜짝 놀라 죄를 지은 것처럼 뜨끔했다. 생각해 보면 영어 학원에 가지 않고 정숙이 고모의 아지트로 향하고 있으니 죄를 짓는 셈이기는 했다.

"알았어, 할머니. 걱정 마!"

운이가 우렁차게 말했다. 동수가 들어왔을 때처럼 대문이 끼익 소리를 내며 열렸다.

아지트는 운이네 집 근처에 있는 장미아파트에 있었다. 장미아파트라는 이름에도 불구하고 장미는 한 송이도 없는 아파트였다. 동수는 장미아파트를 아파트라고 부를 수 있는지 의문이었다. 안 그래도 높은 데 있는 운이네 집에서 더 올라가야 보이는 이 아파트는 페인트도 다 벗겨졌고, 사람조차 살지 않는지 조용했다. 무엇보다 낭떠러지에 있었다. 언제 무너져도 이상하지 않을 것 같았다.

문득 저번 주 일요일에 영화관에서 본 재난 영화가 떠올랐다. 동수는 무너져 버린 건물 사이에서 살기 위해 발버둥 치는 주인공을 보다 고개를 돌려 버렸는데, 옆에 앉은 엄마는 고개를 꾸벅이며 졸고 있었다.

"동수야?"

앞서가던 정숙이 고모와 운이가 동수를 쳐다보고 있었다. 그들 뒤로 곧 허물어질 듯 위태하게 서 있는 장미아파트가 보였다. 동수는 네, 하면서 뛰어갔다. 나른한 겨울 햇볕이 내리쬐고 있었다. 어디선가 새가 크게 울어 댔지만, 도무지 어디서 들려오는지 알 수 없었다. 정숙이 고모는 새소리가 듣기 좋다고 했다. 동수는 그 소리가 좋지 않았다. 숨이 막혀 꽥꽥거리면서 우는 것 같았다. 동수는 넌 어떠냐고 운이에게 물었다. 운이는 지금 너무 힘드니까 나한테 말 걸지 말라고 말했다. 얼마나 올라왔다고.

정숙이 고모를 따라 아파트 안으로 들어갔다. 이 동네를 활개 치고 다니는 동수도 처음 와 보는 곳이었다. 두 동으로 된 아파트 사이에 경비실이 하나 있긴 했지만 그 안에는 아무도 없었다. 베란다에 빨래가 널려 있는 걸 봐서는 사람이 사는 것 같은데, 인기척이 없으니 무서웠다. 정숙이 고모는 아파트를 돌아서 작은 놀이터에 도착하자 걸음을 멈췄다.

"여기가 아지트인가요?"

동수가 물었다.

"응."

"조용하네요."

정숙이 고모가 피식 웃었다.

"여기서 뭐 하는데?"

이번에는 운이가 물었다.

"복숭아 먹을까."

"뭐?"

"농담이야. 운동이나 하자."

정숙이 고모는 허리 돌리는 기구 위에 올라서서 손잡이를 잡고 몸을 움직였다. 동수는 이게 뭐 하는 건가 싶어서 가만히 서 있었다.

"물이나 가져올걸."

운이가 한숨을 푹푹 쉬었다.

"운이 너 때문에 온 거야."

"나 때문에?"

"어, 요즘 들어 살이 부쩍 많이 쪘더라. 운동해야지. 안 그러면 정배 오빠처럼 된다, 너."

"말도 안 돼."

운이는 그렇게 말하면서 양손으로 머리를 움켜쥐었는데, 동수는 그게 귀여워 웃었다. 운이는 자기가 살이 쪘다는 걸 이제야 깨달았다는 듯이 다급하게 다리를 움직이는 기구 위에 올라갔다. 기구들은 운이네 집 대문처럼 녹슬어서 움직일 때마다 삑삑 소리가 났다. 동수도 운동 기구 위에 올라섰다. 무심코 앞을 보니 동네가 한눈에 들어왔다. 운이네 집부터 동수가 살고 있는 빽빽한 아파트 단지까지. 멋지다고 할 만한 풍경은 아니었지만, 그렇다고 멋지지 않다고 할 만한 풍경도 아니었다. 이 고물 아파트에 이런 곳이 숨겨져 있었다니.

"이 뷰 때문이야."

정숙이 고모가 말했다.

"네?"

"경치가 좋잖아. 그걸 나 말고 누가 또 알았는지, 곧 재건축에 들어간대."

"재건축이요? 그럼 어떻게 되는데요?"

"새 아파트가 지어지겠지."

"그럼 장미아파트는 없어져요?"

"응."

"와, 잘됐네요. 여기로 이사 오고 싶은데요."

"칫."

운이는 경치가 좋든 말든, 재건축이 되든 말든 상관없다는 듯 얼굴에 땀이 날 정도로 열심히 운동했다. 삑삑 소리가 놀이터를 메웠다. 마치, 동네 대부분을 메우고 있으며, 지금 그들이 있는 곳까지 메울 예정인 고층 아파트들처럼.

"고모는 여길 어떻게 알았어요?"

"여기? 남자 친구가 알려 줬어. 아, 정확히 말하면 전 남자 친구."

"전 남자 친구요? 그 말은 지금은 남자 친구가 아니라는 건가요?"

동수는 갑자기 흥미가 생겼는지 정숙이 고모를 쳐다봤다.

"응, 지금은 헤어졌어. 아쉽게도."

"왜요?"

"그런 거 묻는 건 실례야."

"죄송해요."

동수는 얼굴이 화끈거렸다.

"하지만 궁금해하니까 말해 줄게."

"감사합니다!"

정숙이 고모는 킥킥거리며 웃다가 말을 꺼냈다.

"내 전 남친은 짜장면을 배달하는 친구였어. 누구보다 빠르게 배달한다고, 자기가 업계에서는 알아주는 라이더라고 늘 자랑하고 다녔어. 우리 엄마가 알면 놀라 기겁할 일이지. 그러고도 무사고 운전을 했던 걸 보면 참 대단해. 가장 좋았던 건 내가 보고 싶다고 하면 언제든 삼십 분 안에 내 앞에 나타났다는 거야."

"멋진데요. 히어로 같아요."

동수가 감탄했다. 그때까지도 옆에서 운동하고 있던 운이는 결국 지쳐서 헥헥거리며 땅바닥에 주저앉았다.

"그럼 뭐 해. 지금은 헤어졌는데."

"왜 헤어졌는데요?"

"실례라니까."

"아, 맞다."

"헤어지는 데 무슨 이유가 있겠어. 좋아하는 데 이유가 없었던 것처럼 그냥 어느 날부터 뭐 하나하나 하는데 꼴 보기 싫더라고. 염색한 머리도 마음에 안 들고, 붕붕거리는 오토바이 소리도 마음에 안 들고. 사랑이란 게 원래 그런 건가 봐. 영원한 건 없어. 결국 남은 건 엄마 몰래 데이트했던 이 놀이터뿐이야. 여기 밤에 오면 더 좋은데."

"고모."

"어."

"사랑이 뭘까요?"

"미쳤냐."

동수 옆에 앉아 있던 운이가 일어나 말했다.

"나도 모르겠다."

정숙이 고모는 운동 기구에서 내려와 기지개를 켰다.

"너네도 좀 있으면 초딩 탈출이네. 축하해."

"땡큐요."
동수가 말했다.
"중학교 가면 사랑이 뭔지 좀 알게 되겠죠?"
"사랑이 뭔지 어떤지 잘 모르겠지만, 한 가지 확신할 수 있는 건 중학교 생활은 뭘 하든 간에 만만치 않을 거라는 거야."
"그럼 어떻게 해야 하죠?"
"그럴 때는 말이야. 이건 영업 비밀인데, 알려 줘도 되나."
정숙이 고모가 웃었다.
"뭔데요?"
"주문을 걸어 봐. 그럼 나쁘지 않을 거야."
"어떻게 거는 건데요."
"그건 알아서 생각하고. 그만 내려갈까. 나도 공부해야 하거든."

내려가는 길에 정숙이 고모는 이제 이 아지트도 마지막이라고 말했다. 동수는 재건축이 얼마 안 남았냐고 물었다. 고모는 그게 아니라 곧 시험이 있으며, 시험에 합격하면 지긋지긋한 이 동네를 떠나 서울로 갈 거라고 말했다.

"여긴 일자리가 없거든."

동수는 정숙이 고모가 구체적으로 무슨 시험을 준비하는지 알지 못했다. 그러나 정숙이 고모처럼 사랑 비슷한 걸 하면서 자기만의 아지트까지 있으면 좋겠다고 생각했다. 그렇게 생각하니 정숙이 고모가 멋져 보였다. 동수는 그때 처음으로 공부하고 싶다는 마음이 생겼는데, 집에 돌아가자 영어 학원은 왜 가지 않았냐고 닦달하는 엄마의 모습에 공부하지 않기로 다시 마음먹었다.

동수는 그날 밤, 핸드폰 게임을 하다 말고 주문을 만들어 속으로 외웠다. 이리올라지 안데스카. 이 주문을 외울 때마다 나는 사랑에 빠진다. 이리올라지 안데스카. 거실에서 엄마가 보는 드라마 소리가 신경 쓰였지만, 주문을 외우는 데는 문제 없었다. 이리올라지 안데스카. 이리올라지 안데스카. 동수는 주문을 외우다 잠이 들었다.

복숭아 대잔치

정숙이는 정확히 두 시간 사십오 분 동안 무슨 옷을 입을지 고민하는 엄마를 앞에 두고 한숨을 쉴 수밖에 없었다. 둘째 오빠도 살이 쪄서 정장이 맞지 않는다고 옆에서 중얼거렸다. 처음에 엄마는 운이 졸업식 때 입었던 한복을 입겠다고 말했다.

"아니, 요즘 누가 한복을 입어. 졸업식 때 못 봤어? 엄마 말곤 한복 입은 사람 한 명도 없더라. 그리고 졸업식 갔으면 됐지, 입학식은 또 왜 가는 거야."

"넌 아무것도 모른다."

엄마가 고집을 부리자, 정숙이는 그럴 거면 나랑 같이 갈 생각하지 말라고 엄포를 냈다. 그제야 엄마는 한복을 포기하고 옷을 고르기 시작했다. 하지만 이렇게 오래 걸릴 줄 알았으면 차라리 한복을 입으라고 할걸. 엄마는 고민 끝에 작년 겨울 대형 마트에서 이십오 프로 할인받아 산 보라색 정장을 입었다. 정숙이는 엄마가 미용실도 다녀온다는 걸 입학식에 늦는다는 말로 달래서 택시에 탔다.

학교는 정문에서부터 꽃을 파는 사람들로 붐볐다. 학원 전단지를 나눠 주는 사람도 있었다. 엄마는 전단지와 같이 주는 물티슈 때문에 그것을 받아 호주머니에 구겨 넣었다. 전날 준비한 꽃은 오빠가 들고 있었다. 내 입학식에는 오지도 않았으면서. 정숙이는 괜히 뾰로통해졌다.

입학식은 학교 강당에서 진행됐다. 강당 안에는 제 몸보다 큰 교복을 입은 학생들이 옹기종기 모여 있었다. 엄마와 오빠는 운이를 찾기 위해 두리번거렸다. 운이를 가장 먼저 발견한 건 정숙이였다.

"운이 저기 있네."

"어디, 어디?"

엄마는 당장이라도 달려갈 기세로 운이를 향해 손을 흔들었다.

"운아!"

동수와 이야기를 나누고 있던 운이는 할머니의 외침에 이쪽을 쳐다보더니, 다시 고개를 돌려 버렸다. 오히려 옆에 선 동수가 손을 흔들어 줬다. 정숙이네 가족은 학부모들이 모여 있는 곳으로 가서 자리에 앉았다.

"한복 입은 사람을 봤어."

앉자마자 엄마가 말했다.

"그래?"

정숙이는 딱히 할 말이 없었다. 곧이어 입학식이 시작됐다. 신입생 선서를 할 때 정배 오빠가 왜 운이는 나오지 않냐고 묻기에 저건 아무나 할 수 있는 게 아니라고 말해 줬다.

"그럼 어떤 애가 하는 건데."

"나도 몰라."

정숙이는 한시라도 빨리 입학식이 끝났으면 좋겠다고 생각했다. 독서실에 가서 공부해야 하는 건 둘째 치고 피곤했다. 두 다리 쭉 펴고 낮잠이나 자고 싶었다. 교장이 축사를 위해 단상에 섰다. 일 분이 채 지나지 않아 학생들은 약속이나 한 듯 하나둘씩 졸기 시작했고, 옆에 있던 엄마도 졸았다. 정숙이는 엄마에게 기꺼이 자신의 어깨를 내줬다. 교장이 축사를 끝내고 교직원을 소개할 때까지도 엄마는 정숙이의 어깨에 기대 자고 있었다. 엄마가 눈을 뜬 건 입학 기념사진을 찍을 때였는데, 깨자마자 학부모들 틈에 끼어서 핸드폰을 높이 들어 올렸다. 운이는 무표정으로 카메라를 응시했다. 사진은 반별로 찍어서 운이 옆에는 동수가 없었다.
"운아. 웃자!"
엄마가 운이를 향해 외치자 사람들이 모두 그녀를 쳐다봤다. 운이까지 덩달아 주목을 받았다. 운이는 고개를 돌려 다른 곳을 쳐다봤다. 기념사진 촬영이 끝나자 아이들은 뿔뿔이 흩어져서 부모님이나 친구들과 사진을 찍었다. 운이네 가족도 함께 사진을 찍었다. 운이의 표정이 좋아 보이지 않자 정숙이는 운이 옆구리를 찌르며 속삭였다.
"이럴 때는 어떻게 하라고 했지?"
운이는 고모를 바라보며 알겠다는 듯 고개를 끄덕이곤 알 수 없는 말을 조용히 중얼거렸다. 그리고 할머니 옆에 서서 활짝 웃었다. 운이는 그때까지만 해도 그 사진이 할머니와 함께 찍은 마지막 사진이 될 줄은 꿈에도 알지 못했다.

입학식이 끝나고 중국집에 가게 된 건 정배 오빠의 강력한 주장 때문이었다. 오빠는 일주일 전부터 짜장면이 무척 먹고 싶었는데, 오늘은 조카가 중학교에 입학한 기쁜 날이니 제 뜻대로 했으면 좋겠다고 말했다. 운이의 초등학교 졸업식 때도 숙자네 가게에 가서 밥을 먹었던 것을 기억하는 가족들은 별 불만 없이 중국집으로 향했다. 테이블에 앉자, 운이 옆에 동수가 앉아 있는 게 보였다.

"넌 왜 왔어."

정숙이가 물었다.

"엄마한테 밥 먹고 간다고 했어요."

"엄마가 서운해하시지 않니?"

"괜찮아요. 엄마도 오늘 선생님들끼리 식사한대요."

"그렇구나."

정숙이는 메뉴판을 정배 오빠에게 양보했다. 오빠는 턱을 괴고 메뉴판을 유심히 들여다보더니 짜장면 다섯 그릇과 군만두 두 그릇을 주문했다.

"잠깐만요."

운이가 손을 들었다.

"왜."

"전 곱빼기로요."

"아 참, 깜빡했군."

정배 오빠가 짜장면 두 그릇은 곱빼기로 달라고 말하자 옆에서 엄마가 쯧쯧거렸다. 정숙이는 운이가 제 몸집보다 큰 교복을 입고 있어서 더욱 커 보인다고 생각했다. 동수가 컵을 다섯 개 가지고 와서 물을 따랐다. 엄마는 수저통에서 수저와 젓가락을 뭉텅이로 꺼냈다. 운이는 침을 꿀꺽 삼켰다. 마침내 짜장면이 나왔다. 정배 오빠가 단무지를 젓가락으로 콕 찍어서 먹으려고 하자 정숙이가 잠깐만, 이라고 말했다.

"오늘 입학하신 분들. 중학생으로서 포부 한번 말하고 먹자."
"그런 거 왜 해, 고모."
운이가 투덜댔다.
"니네 할머니가 시켰어."
정숙이가 조용히 말했다.
"어서 말하는 게 좋을걸. 짜장면 불기 전에."
"맞아."
정배 오빠가 동의했다. 오빠는 세상에서 가장 심각한 일이라는 듯 짜장면은 불면 맛이 두 배 이상 감소한다고 말했다.
"앞으로 중학교에 들어가서 공부 열심히 하겠습니다."
"이하 동문입니다."
운이가 말하자 동수도 덧붙여 말했다.
"그리고."
"또? 음, 친구들과 사이좋게 지내겠습니다."
"이하 동문입니다."
"그리고."
정숙이는 엄마의 눈치를 살피며 말했다.
"또 뭐, 없는데."
"있잖아. 그거."
옆에서 동수가 말했다.
"뭐?"

동수가 귀에 속삭이자, 운이는 그제야 알겠다는 듯 자신 있게 말했다.

"차 조심하겠습니다."

"좋아. 먹자."

엄마가 젓가락을 들자, 테이블에 앉은 사람 모두 짜장면과 군만두를 먹기 시작했다. 정배 오빠는 양손에 젓가락 한 짝씩을 쥐고서 짜장면을 비볐다. 다 비비자마자 호로록거리며 짜장면을 단 두 입에 먹어 치웠다. 이에 질세라 운이도 단무지 두 개를 짜장면 그릇에 넣고 비벼 정신없이 먹었다. 그렇게 짜장면을 순식간에 다 먹어 버린 정배 오빠와 운이는 다른 식구들이 먹는 모습을 멀뚱히 지켜봤다. 다들 맛있게 먹고 있었지만, 맛있다고 말하는 사람은 없었다. 정숙이는 운이가 쳐다보는 게 꼭 한 입만 달라고 하는 것 같아 짜장면을 조금 나눠 줬다. 그걸 본 정배 오빠도 정숙이를 바라봤는데, 정숙이는 더는 주고 싶지 않았다. 그때 엄마가 자신의 그릇에 있는 짜장면을 정숙이의 그릇에 덜어 줬다.

"공부하려면 많이 먹어야 해."

"됐어."

"그럼 제가 먹을까요?"

정배 오빠가 손을 들고 말하자 엄마는 오빠를 노려봤다. 오빠는 머리를 긁적였다. 정숙이는 어쩔 수 없이 엄마가 준 짜장면까지 다 먹어 치웠다.

군만두가 하나밖에 남지 않았을 때, 엄마는 정배 오빠에게 다 먹었으면 그걸 꺼내라고 말했다. 오빠는 가방에서 주섬주섬 뭔가를 꺼냈다. 복숭아였다. 엄마는 같이 챙겨 온 칼로 복숭아를 깎았다. 엄마가 운이 손에 복숭아를 쥐여 주자 종업원이 테이블로 다가왔다.

"여기서 과일 드시면 안 돼요."

"왜요?"

엄마가 물었다.

"외부 음식 반입 금지니까요."

"세상도 각박하지. 오늘 우리 손자 입학했어요. 그냥 먹게 해 줘요."

그러면서 엄마는 가방에 들어 있던 복숭아 두 개를 종업원에게 줬다. 종업원은 난처한 표정을 짓더니 복숭아를 들고 주방으로 들어갔다. 주방에 있는 사장에게 뭐라고 말하는 것 같았다. 그러다 다시 나와서 한다는 말이 외부 음식 드시는 건 오늘 한 번만이고 다음부터는 안 된다는 거였다. 엄마는 알겠다고 말했다. 테이블은 복숭아 먹을 때 나는 와작 소리로 가득 찼다. 엄마가 복숭아의 효능에 대해 반복해서 이야기하고 있을 때, 종소리가 들렸다. 문이 열리면서 헬멧을 쓴 남자가 들어왔다.

"배달 다녀왔습니다."

정숙이는 남자를 멀뚱히 바라봤다. 헬멧을 자주 쓰고 다녔던 전 남자 친구 생각이 나는 건 어쩔 수 없었다.

"어, 왔냐. 복숭아 먹어라."

아까 숙자네 테이블에 왔던 종업원이 남자를 반겼다. 정숙이는 점점 헬멧을 쓴 남자가 전 남자 친구가 아닐까 하는 생각이 들기 시작했다. 기분이 이상했고, 만일 맞다면 어떻게 해야 하는지 감이 잡히질 않았다. 다행인지 불행인지 남자는 헬멧을 벗지 않은 채로 복숭아를 먹었다. 그것도 정숙이네 테이블을 등지고서. 남자는 복숭아를 재빨리 먹어 치웠다. 그러고는 배달할 음식들을 챙겨 부리나케 밖으로 나가 버렸다. 정숙이는 안도의 한숨을 쉬었다.

운이와 동수는 중국집을 나와서 할머니에게 감사히 잘 먹었다는 말을 하는 걸 잊지 않았다. 이제 그들은 집을 향해 걸었다. 바람이 불기는 했지만 추위도 한풀 꺾여 있었다. 동수는 정숙이에게 혹시 헬멧이 고모의 전 남자 친구가 아니냐고 물었다.

"몰라. 왜?"

"고모의 눈동자가 흔들리는 게 보였어요. 아직도 감정이 남아 있는 거 아닌가요?"

"없어. 그런 거."
"전 고모처럼 되고 싶어요."
"왜?"
"사랑을 해 보셨잖아요. 저도 사랑하고 싶어요. 그래서 사랑하고 싶은 사람이 나타나면 고모 말대로 주문을 외우려고요."
"무슨 주문?"
"사랑에 빠지는 주문이요. 제가 만들었어요. 먹으면 오래 사는 복숭아처럼, 만약 사랑에 빠지는 과일도 있었다면 전 끊임없이 먹었을 거예요."
"그래, 지금은 주문의 힘을 빌려 봐."
"네. 그런데 주문을 믿어도 될까요?"
"믿고 안 믿고는 네가 정하는 거야. 믿기만 한다면 주문이 먹힐 수도 있어."
"네."
동수는 방긋 웃으며 대꾸했다.
"다음 주부터 학교 가지?"
"네."
"우리 운이 좀 잘 부탁해. 요즘 살이 너무 많이 쪄서 걱정이다. 겉으론 둔해 보여도 속으로는 생각이 많은 애야. 상처 입기 쉬운 타입이거든."
"걱정 마세요. 제가 운이 아니면 누굴 챙기겠어요."

"그래."

정숙이가 뒤돌아보니, 정배 오빠와 엄마는 운이의 차 사고 이후로 늘 그래 왔던 것처럼 운이와 팔짱을 낀 채 걷고 있었다. 언뜻 보면 그들이 운이에게 매달려서 걷고 있는 것 같았다. 정숙이와 운이의 눈이 마주쳤다. 운이는 어쩜 좋겠냐는 표정을 지었다. 그런 운이를 향해 정숙이는 환하게 미소를 짓는 것 말고는 딱히 할 수 있는 일이 없었다.

2부

가능성의 돌멩이

모든 돌덩이 속에 조각 작품이 있는 것처럼, 모든 살찐 사람 속엔 마른 사람이 있다는 것을 당신은 생각해 본 적이 있는가.

조지 오웰

젠젠다의 나날

 복숭아씨를 심으면 복숭아나무가 자랄까. 운이는 창밖의 나무를 멍하니 쳐다보며 생각했다. 매일 아침 복숭아를 먹어야 하는 신세에 대해 한탄 비슷한 걸 해 보려고 했는데, 친구들이 식판을 들고 일어났다. 운이는 따라 일어나야 했다. 뒤처지지 않으려면 어쩔 수 없었다. 운이는 잽싸게 식판에 남은 음식을 버리고 공용 정수기에서 물을 마셨다. 물을 마시면서도 시야에서 용관이를 놓치지 않았다. 아이들은 용관이를 기다린다. 용관이가 급식실에서 나오지 않으면 아이들은 움직이지 않는다. 운이는 그걸 여름 방학이 다가오는 최근에야 깨달았다.
 용관이는 장난기가 많고 쾌활한 친구였다. 축구를 많이 해서 그런지 땀 냄새가 많이 났다. 운이는 그 시큼한 땀 냄새를 친구들이 어떻게 견디고 있는지 이해가 가지 않았다. 그렇게 생각하는 운이도 용관이 뒤에 어색하지 않게 딱 달라붙어 급식실을 나왔다. 역시나 친구들은 급식실 앞에서 용관이를 기다리고 있었다.

"매점이나 갈까?"

재진이의 말에 다들 동의했다. 운이는 밥을 너무 많이 먹어서 교실로 돌아가 잠이나 자고 싶었지만, 그들을 따라 매점으로 향했다. 친구들은 매점 가는 길에 운이가 알지 못하는 게임 이야기를 했다. 운이는 와, 대박이다, 같은 말들을 하면서 맞장구쳤다. 그들은 아이스크림을 하나씩 샀다. 운이는 용관이와 같은 아이스크림을 샀다. 아이스크림을 하나씩 입에 문 그들은 학교 뒤쪽의 공터로 갔다. 공터에서는 운이네 중학교 옆에 있는 여자 중학교 건물을 볼 수 있었다. 가끔 여자아이들이 손을 흔드는 모습도. 그래서인지 공터는 늘 붐볐다. 운이와 친구들도 아이스크림을 먹으면서 옆 학교를 주시했다.

"저번에 저기서 어떤 애가 나 보면서 손 흔들더라."

용관이가 말했다.

"야, 웃기지 마. 날 봤어."

"아니던데, 날 보던데?"

그들은 그 문제를 가지고 언성을 높였다. 운이는 아무렴 어떤가, 하는 생각이 들었다. 누굴 보고 손을 흔들었는지가 도대체 뭐가 중요한가. 한숨이 절로 나왔다. 왜 매일 이곳에 와서 여자아이들을 훔쳐봐야 하는 건지. 그러면서도 운이는 다 먹은 아이스크림 막대기를 하염없이 흔들며 아니라고, 날 봤다고 말했다. 얘기하면서 손목시계를 수시로 확인했다. 종이 치려면 아직도 십오 분이나 남았다. 이 자식들과 적어도 십 분은 이러고 있어야 한다는 소리다. 운이는 속으로 시간이 빨리 지나가게 만드는 주문을 외웠다. 젠젠다. 젠젠다. 젠젠다. 그리고 시간을 확인하자, 놀랍게도 종이 치기까지 오 분밖에 남지 않았다.

"곧 종 치겠는데?"

운이가 그렇게 말하자 아이들이 하나둘 시계를 확인하더니 교실 쪽으로 뛰어갔다. 먹혀들었군. 운이는 속으로 쾌재를 불렀다. 기쁨도 잠시, 운이도 늦지 않으려면 뛰어야 했다. 운이는 종이 치든 말든 걸어가고 싶었다. 하지만 자기 혼자만 걸어가는 건 아무리 생각해도 이상해서 이를 악물고 뛰었다.

교실로 돌아와 자리에 앉자마자 수업 종이 울렸다. 선생님이 교실 문을 밀고 들어왔다. 운이는 숨을 가다듬었다. 이제 모든 것이 조용해질 것이다. 소란스러운 아이들은 자리에 앉고, 선생님 목소리 말곤 어떤 소리도 들리지 않을 것이다. 운이는 이 시간이 가장 좋았다. 이제 쉬는 시간까지는 마음 편히 앉아 있을 수 있다. 운이는 차라리 쉬는 시간이 없었으면 좋겠다고 생각하면서 자세를 바로잡았다.

동수는 양손으로 가방끈을 쥐고 터벅터벅 걸어오는 운이를 향해 손을 흔들었다.

"왜."

운이가 심드렁한 표정을 지으며 동수에게 말했다.

"오늘 너네 집 가기로 했잖아."

"학원 안 가?"

"좀 늦게 가도 돼."

"진짜?"

"어."

"마음대로 해라."

운이는 동수를 지나쳐 교문 밑으로 내려갔다. 동수가 따라붙으면서 또 무슨 일이냐고 물었다.

"아무것도 아니야."

"왜. 또 밥 혼자 먹었냐. 나 찾으라고 했잖아."

"아니거든."

운이는 동수가 1년 전 중학교 입학할 때에 비해 키가 부쩍 크고 얼굴도 잘생겨진 것이 영 마음에 들지 않았다. 가장 마음에 안 드는 건 동수가 용관이류 학생이 되어 버렸다는 것이었다. 친구들과 원만한 관계를 맺고 있으며, 좋은 성적을 유지하는 동시에 운동도 어느 정도 잘하는 용관이류. 한 반에 한 명씩 용관이류 학생이 있는데, 동수네 반에서는 그게 동수였다.

용관이류 학생들은 늘 반장이나 부반장 따위의 임원직을 한 자리씩 차지하고 있었다. 하나같이, 똑같았다. 동수만 해도 운이네 집을 들락날락하면서 사랑 타령이나 하던 주제에 반장이 됐다. 2학년에 올라와서 동수가 반장 선거에 나간다고 했을 때, 운이는 푸하하 웃으면서 빈정거렸다. 네가 무슨 반장이냐고. 반장은 아무나 하는 줄 아냐고. 그러다 막상 동수가 반장이 됐다는 소식을 듣자 운이는 가만히 있는데도 손이 떨렸다. 그 마음을 참을 수 없어 길가에 있는 돌멩이를 발로 찼는데, 하필 길가에 주차된 자동차로 날아가 버렸다. 자동차에서 삐옹 하는 소리가 났다. 운이는 그날 죽을힘을 다해 뛰어야 했다. 그때 동수를 얼마나 원망했는지. 지금도 동수는 자신이 무슨 구원자라도 되는 것처럼 굴고 있었는데, 운이는 그게 정말 꼴 보기 싫었다.

"왜, 무슨 일인데. 말 좀 해 봐라."

운이는 동수의 말을 무시한 채 앞만 보고 걸었다.

"너 혹시 사춘기냐?"

"사춘기?"

운이는 헛웃음이 다 나왔다.

"내가 왜 사춘기냐. 어이없네."

"야!"

동수가 갑자기 소리 질렀다. 운이는 놀라서 동수를 쳐다봤다.

"너 신호등 제대로 안 보고 다니냐. 할머니가 귀가 닳도록 말씀하셨는데. 지금 빨간불이잖아."

"난 또 뭐라고. 차도 안 오는데 뭐."

"중학생 정도 됐으면 철 좀 들어라."

동수는 그러면서 웃었다. 운이는 입술을 깨물고 한시라도 빨리 초록불로 바뀌길 기다렸다. 점심시간에 종이 치는 것을 기다릴 때처럼. 젠젠다. 젠젠다. 젠젠다. 마침내 불이 바뀌자 운이는 빨리 걸었지만, 동수에게 금세 따라잡혔다. 동수는 백구 계단을 헉헉대지도 않고 올랐다. 운이는 덩치 때문인지 열 계단 오를 때마다 쉬어야 했다. 숨을 다스리기도 벅찬데 동수는 운이에게 자꾸 말을 걸어 댔다.

"요즘 어떠냐."

"뭐가."

"학교 재밌냐."

"재미는 네가 있겠지."

운이는 두 손을 무릎에 얹고 헐떡이며 말했다.

"난 재미없다."

"네가 왜?"

"잘 안 풀린다."

"뭐가 안 풀려."

"넌 몰라도 돼."

이럴 거면 말이나 걸지 말지. 운이는 속으로 한주먹 날리고 싶은 걸 참았다. 그들은 다시 계단을 오르기 시작했고, 운이의 등이 땀으로 축축하게 젖고 나서야 계단 끝에 도달했다. 운이는 등에 멘 가방이 땀에 젖을까 봐 앞으로 멨다.

집에는 아무도 없었다. 할머니와 삼촌은 식당에 나갔을 것이고, 고모는 독서실이나 도서관에 있을 것이다. 운이는 다녀왔습니다, 라고 말하고 집 안으로 들어갔다. 동수도 다녀왔습니다, 라고 말하고 들어갔다. 운이는 신발을 벗고 마루에 가방을 던졌다. 동수도 가방을 마루에 던졌다.

"뭐 하려고."

마루에 앉아 운이가 물었다.

"고모 언제 오신대?"

"또 고모 찾아? 너 우리 고모 좋아하냐?"

"당연하지."

동수가 너무 당당하게 말해서 운이는 멋쩍었다. 운이는 주방에 들어가 선반에 놓인 복숭아를 씻어 동수에게 건넸다. 둘은 마루에 앉아 복숭아를 와작거리며 먹었다.

"티브이라도 볼래?"

"아니, 됐어."

"그럼 뭐야. 고모 올 때까지 기다릴 거야?"

"야."

"어."

"나 못생겼냐?"

동수가 운이를 바라보며 말했다.

"아니, 왜. 누가 못생겼대?"

"사실 말이야. 나 좋아하는 사람이 생겼어."

운이는 화들짝 놀라서 동수를 쳐다봤다. 동수가 해서는 안 되는 일을 한 것 같았다.

"누군데."

"내가 입학할 때부터 주문을 외웠잖냐."

"뭐, 사랑에 빠지는 주문?"

"응. 이리올라지 안데스카."

"잘 안됐잖아."

"맞아. 그런데 최근에 같은 학원 다니는 애 중에 좋아하는 애가 생겼어."

"그래서?"

"그래서라니. 밤에 잘 때도 자꾸 생각나고, 이름이 뭔지, 어떤 학교에 다니는지도 모르겠는데 눈앞에 자꾸 아른거려서 아무것도 못 하겠어."

"물어보면 되잖아."

"그게 쉬우면 여기 와서 이러고 있겠냐. 고백하면 받아 주지 않을까? 나 그래도 못생기진 않았잖아. 그런데 안 받아 주면 어쩌지? 그 전에 일단 친해져야 할까?"

"몰라."

운이는 다 먹고 남은 복숭아씨를 바라봤다. 이 씨를 마당에 심으면 복숭아나무가 자랄까. 복숭아나무가 자라면 복숭아가 열릴까.

"어쨌든 난 가야겠다. 다음에 올게."

동수가 가방을 메고 일어났다.

"너도 무슨 문제 있으면 얘기해. 들어 줄게."

"어."

"짜식, 좀 웃고."

동수는 마당을 가로질러 손을 흔들고는 문밖으로 나갔다. 운이는 홀로 남았다. 이제 뭘 해야 할까. 티브이를 볼까, 게임을 할까 하다가 갑자기 피곤해져서 마루에 누웠다. 햇살이 마당에 내리쬤다. 정체를 알 수 없는 새 한 마리가 내려앉더니 뒤뚱뒤뚱 걸어 다녔다. 운이는 모로 누워 그걸 바라보다가 자신도 모르는 사이에 눈을 감았다. 운이가 잠들었다는 걸 알았는지, 새도 살포시 날개를 펴고는 날아가 버렸다.

눈을 뜨자마자 보인 건 삼촌의 얼굴이었다. 삼촌은 운이를 바라보며 웃었는데, 눈가에 잔주름이 거미줄처럼 져 있었다.

삼촌은 너무 많이 웃어서 주름이 생겨 버린 거라고 했다. 그렇다고 웃는 걸 포기할 순 없어. 웃으면 복이 온다잖아. 알아서 들어오는 복을 차 버릴 순 없지. 그 말을 하며 삼촌은 한 번 더 웃었다.

"운이 일어났어?"

"응."

"왜 여기서 자고 있어. 들어가서 자야지."

"그러게."

어느덧 해가 져 있었다. 운이는 손목시계로 시간을 확인했다. 여섯 시 반이었다. 보통 일곱 시 반은 넘어야 할머니와 삼촌이 오는데, 오늘은 한 시간이나 일찍 왔다. 삼촌이 주방에 들어가 상을 가지고 나왔다. 상에는 수북이 담긴 밥 세 공기와 돼지고기가 듬뿍 들어간 김치찌개와 계란프라이 세 개가 있었다. 할머니는 배추김치와 멸치볶음이 담긴 그릇을 들고 나왔다.

"뭘 그렇게 오래 자?"

할머니가 수저를 들며 물었다.

"몰라, 오늘 좀 피곤하네. 고모는?"

"공부하나 보지. 얼른 먹어라."

정배 삼촌은 김치찌개에 고기가 너무 많이 들어가서 느끼한 맛이 난다고 말했고, 할머니는 그러면 네가 만들라고 말했다. 운이는 계란프라이 하나를 자신의 그릇에 옮겨 묵묵히 밥을 먹었다. 식구들이 저녁을 다 먹어 갈 때쯤, 끼익하는 소리와 함께 고모가 들어왔다.

"다녀왔습니다."

"밥은?"

할머니가 물었다.

"먹었어."

"공부는?"

정배 삼촌이 물었다.

"했어. 지금껏 하고 왔으니까, 공부의 공 자도 꺼내지 마. 머리 아프거든."

"미안해."

고모는 운이의 머리를 한번 쓰다듬어 주고는 곧장 방으로 들어갔다. 정배 삼촌과 운이는 상을 주방으로 들고 가 설거지를 시작했다. 삼촌이 운이에게 오늘 학교에서 무슨 일이 있었냐고 물었다.

"왜?"

"그냥 기분이 안 좋아 보여서."

오늘따라 왜 이렇게 나에 대해 물어보는 사람이 많은 걸까. 운이는 한숨을 쉬며 아무 일도 없었다고 말했다. 퐁퐁을 묻힌 그릇을 삼촌에게 건넸다. 삼촌은 오늘 하루 종일 설거지했는데 집에 와서도 하니까 설거지의 달인이 된 것 같다고 말했다. 그러면서 그릇을 물에 헹궈 건조대에 올려 뒀다.

설거지를 마친 뒤, 운이는 안방으로 들어가 할머니와 함께 티브이를 보면서 복숭아를 먹었다. 내일 있을 수학 쪽지 시험 공부를 해야 했지만, 아무렴 어떠냐는 생각이 들었다. 열 시가 되자 할머니는 티브이를 껐다. 운이는 졸고 있는 삼촌을 깨웠다. 삼촌은 일어나자마자 방금 꾼 꿈이 정말 행복해서 이어서 꿔야겠다며 재빠르게 건넛방으로 달려갔다. 마루에서 쿵쾅거리는 소리가 났다. 할머니는 그러다 부서지겠다고 핀잔을 줬다. 운이는 할머니에게 안녕히 주무세요, 라고 말한 뒤 방문을 닫았다. 마루에서 방으로 건너갈 때, 고모가 기다렸다는 듯이 방에서 나왔다.

"운아."

"응, 고모."

"잘 지내고 있지?"

"왜 또, 고모까지 왜 그래."

"뭐가?"

"오늘따라 사람들이 다 나한테 괜찮냐고 물어봐서. 내 기분이 안 좋아 보여? 난 똑같은데."

"그건 물어본 사람 기분이 안 좋아서 그런 걸지도 몰라."

"그런가?"

"응. 내가 별로 안 좋거든. 잠깐 얘기 좀 해도 돼?"

"좋아."

운이는 고모와 마루에 걸터앉았다.

"오늘 길 가다가 전 남자 친구를 마주쳤어."

고모가 말했다.

"아, 그 중국집 배달하시는 분?"

"응. 지금 그 사람이랑 밥 먹고 오는 길이야."

"왜? 그 사람 아직도 좋아해?"

"그런 건 없는데. 이상해. 밥 먹을 때는 사귈 때처럼 좋았는데, 막상 집에 돌아오니까 뭔가 허무하네."

"고모, 그럴 때는 주문을 외워."

"알아."

고모는 웃으면서 운이의 머리를 쓰다듬었다.

"사실 오늘 동수가 왔었어. 고모 만나러."

"왜? 아직도 사랑에 빠지지 못했대?"

"아니, 좋아하는 사람이 생겼나 봐. 학원 같이 다니는 친구래. 난 사랑에 빠지고 싶은 건 아닌데 요즘은 동수가 하는 게 다 부러워. 그래서 짜증 나. 동수는 친구도 많고, 무엇보다도 용관이류니까."

고모는 운이를 바라보다가 입꼬리를 올리더니 말했다.

"용관이류 애들은 매력 없어. 나도 그런 남자 싫다. 뭐든 잘

하는 거. 내 조카라서 그런 게 아니라 난 운이가 더 좋아."

"그래서 중국집 남자 친구 분이랑 다시 만나는 거야?"

"모르겠어. 넌 요즘도 학교생활 따라가기 바빠?"

"응. 젠젠다의 나날이야."

"젠젠다."

고모가 흥얼거렸다.

"그래, 젠젠다."

"젠젠다를 외워서 시간이 어디까지 지나가면 좋겠어?"

운이는 곰곰이 생각하다가 잘 모르겠다고 말했다.

"어느 때건 젠젠다가 필요할 거야."

"그럴 거 같아."

"그럴 땐 젠젠다에 의지하는 것보다 반대 주문을 외우는 게 좋을 수도 있어. 시간이 천천히 흐르는 주문 말이야."

"그래도 지금은 젠젠다의 나날이야."

"나도 마찬가지다. 이제 잘까?"

"응, 고모."

"운아."

"응?"

"힘내."

"고모도."

운이도 그때만큼은 웃으면서 말했다.

삼촌이 코를 골며 자는 방에 들어온 운이는 내일도 젠젠다를 외워야 하는 상황이 많을 거라고 믿어 의심치 않았다. 얼마나 더 시간이 지나야 할까. 기말고사를 치르고, 여름 방학이 찾아오고, 다시 개학하고, 3학년이 되고, 또 1년이 지나 고등학생 정도 되면 젠젠다를 외우지 않아도 버틸 수 있는 날이 찾아올까. 그래도 일단은, 일단은 젠젠다의 나날이다. 최소한 여름 방학이 올 때까지는.

그날 운이는 자신이 심은 복숭아씨가 복숭아나무가 되어서 복숭아를 원 없이 먹는 꿈을 꿨다.

여름 깃

여름 방학이 시작됐다고 해도 학원에 다니는 아이들은 달라진 게 없었다. 학원에 있는 시간이 더 늘어났다는 것 말고는. 그럼에도 반 친구들 몇 명이 모여서 해변으로 놀러 간다는 소식을 들었다. 운이도 같이 가자는 제안을 받았으나 갈 수 없었다. 운이에게는 해야 할 일이 있었다. 할머니 가게에 출근해야 했다. 어쩔 수 없는 건 어쩔 수 없는 거다. 사실 딱히 놀러 가고 싶은 마음도 들지 않았다. 수영을 못해서 놀림이나 받겠지. 잘됐어.

하지만 운이는 남은 인생을 지금처럼 주방에 서서 설거지 따위나 하면서 보내지 않을 거라고 다짐했다. 당장 설거지 말

곧 할 수 있는 게 없었지만. 갑자기 손이 불에 덴 것처럼 뜨거워서 보니 고무장갑에 구멍이 나 있었다. 이런. 운이는 양 볼을 부풀리고 장갑을 벗었다. 이마에 흐르는 땀을 팔로 훔친 다음 맨손으로 설거지를 시작했다. 정배 삼촌은 손님들이 나가고 치운 그릇들을 건넬 때마다 운이를 향해 미소 짓는 것을 잊지 않았지만, 그 미소는 운이에게 어떤 위로도 되지 않았다. 운이는 가끔씩 남은 음식들을 보면서 집어 먹을까도 생각했지만, 뒤에서 요리하고 있는 할머니가 그걸 가만 내버려두지 않을 것을 알기에 시도조차 하지 않았다. 남은 음식은 음식물 쓰레기통에 버리고, 그릇은 퐁퐁을 묻힌 스펀지로 닦은 뒤 뜨거운 물로 헹궜다. 이걸 반복하다 보면 어느새 개학 날도 다가와 있겠지. 이러려고 방학을 기다렸나. 그런 생각을 할 때마다 동수가 했던 말들이 머릿속에 맴돌았다. 동수는 방학 동안 필리핀에 어학연수를 갔다. 운이는 동수에게 학교에서도 영어를 배우는데 왜 거기까지 가서 영어를 배우냐고 물었다.

"나도 알고 싶다. 엄마가 가래."

"너도 참 피곤하게 산다. 그래, 그럼 거기 가서 사랑을 찾으면 되겠네. 이번엔 꼭 남자 친구 없는 애를 사랑하길 바란다."

"놀리지 마라. 나라고 걔가 남자 친구가 있는 줄 알았겠냐."

동수가 복숭아를 베어 먹으며 말했다.

"야, 운."

"어."

"넌 앞으로 뭐가 되고 싶어."

"그게 무슨 말이야."

"아니, 한 살 한 살 나이 먹으면 두렵지 않아? 얼마 전에 전학 간 지성이 있잖아."

"응."

"걔는 예술 중학교 갔대. 가야금 배우고 있다고 하더라. 벌써 그런 애들도 있는데, 우리는 한가롭게 시간만 축내고 있는 게 아닐까. 뭔가를 열심히 해 본 적이 한 번도 없잖아."

"우리도 예술 중학교 갈까."

"그 말이 아니잖아."

"그럼 뭔데."

"됐다. 넌 그냥 이대로 살아라. 이 형님은 꿈을 찾아 떠나련다."

"사랑 찾아 떠나는 게 아니고?"

"사랑도 찾아야지. 한 살이라도 젊을 때 사랑도 찾고, 꿈도 찾아야지."

동수는 한동안 못 올 거라고 말하며 마당을 가로질러 갔다.

"야."

운이가 말했다.

"왜."

"네 꿈은 뭔데."

동수는 걸음을 멈추고는 고개만 돌려 운이를 바라봤다. 운이는 내리쬐는 빛에 동수의 얼굴이 잘 보이지 않았지만, 입꼬리를 올려 웃고 있다는 것쯤은 알 수 있었다. 동수가 말했다.

"그런 게 있어."

그러고는 곧 대문 밖으로 사라져 버렸다. 운이는 그때까지만 해도 용관이류 특유의 잘난 척이라고만 생각했다. 하지만 설거지를 하면서 곰곰이 생각해 보니 뭔지는 몰라도 동수에게는 꿈이 있는 것 같았고, 자신도 꿈 하나 정도는 있었으면 좋겠다는 생각을 했다. 설거지만 하다가 늙어 죽을 수는 없으니까. 마냥 젠젠다만 외워서는 안 된다. 그러면서도 운이는 쌓여 있는 설거짓거리를 보며 젠젠다를 외웠다.

정배 삼촌은 티브이에서 일곱 시 뉴스가 나오기 시작하면 더 이상 손님을 받지 않았다. 손님이 없는 날에는 더 일찍 문을 닫기도 했다. 방학 때는 집이 아닌 가게에서 밥을 먹었다. 할머니는 그날 장사하고 남은 재료로 저녁밥을 지었다. 할머니와 정배 삼촌 그리고 운이는 테이블에 둘러앉았다. 오늘따라 할머니가 만든 부대찌개가 무척 맛있었다. 밥 한 공기를 뚝딱 비운 운이는 주방에서 밥을 더 퍼 왔다. 부대찌개 안에 있는 햄을 건져 먹는데, 할머니가 그런 운이를 한동안 말없이 바라봤다.

"왜, 할머니."

"운아."

"응."

"너도 남들처럼 학원 다니고 싶지 않아?"

"아니. 학교에서 배우는 것만으로도 충분해."

정배 삼촌이 그러니까 성적이, 라고 말하며 키득거렸다. 운이는 신경 쓰지 않고 밥을 먹었다. 한참을 먹다가 다시 할머니가 말했다.

"운아."

"응."

"그럼 살을 빼자."

운이의 얼굴에서 흐른 땀이 테이블 위로 떨어져 톡, 하는 소리를 냈다. 그도 그럴 것이 그들은 여름의 한가운데에 있었다. 손님들이 있을 때는 에어컨을 켰지만, 없을 때는 켜지 않았다. 선풍기만 쉬지 않고 돌아갔다. 정배 삼촌은 자기가 안 그래도 그 말을 하려고 했다며, 운이는 살이 많이 쪄서 건강을 해칠 수도 있다고 말했다.

"너도 같이 빼."

"네?"

"요 며칠 전에 티브이에서 봤는데."

"또 티브이야?"

"그래. 비만이 되면 지방간 수치가 높아지고, 지방간 수치가 높아지면 병에 걸린대."

"엄마, 저는 괜찮지 않나요?"

정배 삼촌이 손을 들고 말했다.

"너도 빼야 돼."

"그런데 할머니는 살 빼는 방법 알아?"

"몰라. 네 고모한테 물어보자. 지금은 밥 먹어."

"응."

부대찌개를 다 먹고 나서 할머니는 복숭아를 가져와 깎았다.

"할머니, 복숭아도 살찌는 거 아니야?"

"복숭아는 괜찮아."

"왜?"

"괜찮다면 괜찮은 줄 알아."

운이는 가끔 할머니의 복숭아에 대한 믿음이 어디서부터 시작된 건지 궁금했다. 운이와 정배 삼촌은 복숭아까지 다 먹은 뒤 아직 열기가 남아 있는 가게의 불을 껐다. 열쇠로 문을 잠그고 셔터를 내렸다. 여느 날과 다름없이 할머니는 운이에게 팔짱을 꼈다. 정배 삼촌은 운이와 나란히 서서 걸었다. 그들은 그렇게 백구 계단을 올라 집으로 돌아왔다.

정숙이 고모는 다이어트에서 가장 중요한 두 가지는 식단과 운동이라고 말했다. 고모는 어디서 구해 왔는지 알이 없는 안경을 쓰고 테를 까닥거리면서 설명했다.

"오빠나 운이는 따로 검사하지 않아도 고도 비만이야. 그 말인즉슨 조금만 더 먹으면 터져 버릴 수도 있다는 거지."

"터지면 죽겠네?"

"그럼 안 돼!"

안방에서 할머니가 외쳤다.

"말이 그렇다는 거야. 오빠와 운이 배 속에 있는 지방을 제거하기 위해서는 적절한 운동과 식단 관리가 필요하지. 그래서 보다 전문적인 관리를 받기 위해 헬스장에 다니는 걸 추천해."

"헬스장이라."

"거기 가면 살 뺄 수 있어?"

"살은 누가 빼 주는 게 아니야. 스스로 노력해야 해. 알아들었으면 내일부터 헬스 다니자. 마침 요 앞 사거리에 있는 헬스장에서 삼 개월 특가 할인 행사를 하고 있거든."

"넌 어떻게 그렇게 잘 알아?"

정배 삼촌이 물었다.

"나? 나도 같이 다니려고."

"넌 왜? 너도 살 빼야 해?"

"아니. 헬스장에 가면 오빠랑 운이는 어떤 기구를 어떻게 사용해서 살을 빼야 하는지 모르잖아. 내가 알려 줄게. 대학교 다닐 때 헬스장에 다닌 적이 있거든."

"오오."

"그런 의미에서."

고모는 할머니가 있는 방 안을 쳐다봤다.

"엄마의 카드가 필요해."

할머니가 티브이를 켜며 말했다.

"네가 와서 가져가라."

정배 삼촌은 운이에게 귓속말로 정숙이 쟤는 지가 다니고 싶어서 우리를 이용하는 거 같다고 말했다. 그래도 우리가 넓은 마음을 가지고 한번 눈감아 주자고 말하며 미소 지었다.

그렇게 다니게 된 헬스장에서 운이는 달갑지 않은 친구를 만났다. 용관이류에게 빌붙어서 기생하는 벌레 같은 놈들이 꼭 있다. 영화에서 보면 친구2도 아니고 친구3 정도의 역할을 맡고 있는 인간들. 그게 바로 재진인데, 재진이는 어쩌면 운이가 그런 기생충이라고 생각하고 있을지도 모른다. 헬스장에 다니기 시작한 주의 토요일, 운이는 하필이면 탈의실에서 옷을 갈아입다가 재진이를 만났다. 티셔츠를 낑낑거리면서 벗고 있는데, 재진이가 다가와서 너 혹시 운이 아니냐고 물었던 것이다. 운이는 단번에 재진이의 그 얄쌍한 목소리를 알아채고는 아니라고 말했다.

"운이 같은데."

"그게 누구야."

운이는 옷으로 얼굴을 가린 채 말했다.

"맞는데."

"아닌데."

"그래?"

"어."

운이가 슬그머니 탈의실을 나가려는데 누군가 붙잡았다.

"운아."

정배 삼촌이었다.

"운이?"

재진이가 말했다.

"운이를 아니?"

"네. 아저씨는 운이를 알아요?"

"다는 모르지만, 많이 안다고 할 수 있지. 가족이니까."

"그럼 쟤가 운이 맞는 거네요?"

운이는 속으로 마음을 진정시키는 주문을 외웠다. 우추추. 우추추. 그리고 옷을 내렸다.

"그래, 나 운이야."

"왜 아니라고 했냐?"

"룬이라고 한 줄 알았어."

재진이는 뭐가 웃긴지 낄낄거리면서 웃기 시작했다.

"그럼 운이 형이세요?"

"아니, 삼촌이야."

"우와. 운이 삼촌이셔서 그런지 운이보다 더 거대하시네요."

정배 삼촌은 웃어넘겼지만 속은 그렇지 않다는 걸 운이는 알 수 있었다. 그 순간 이 헬스장을 추천한 고모와 살을 빼자고 한 할머니가 미웠다.

"다이어트?"

"아니, 그냥 심심해서."

재진이는 헬스장에 다닌 지 오래됐다고, 모르는 게 있으면 물어보라고 하면서 밖으로 나갔다. 재진이가 나가자마자 정배 삼촌이 물었다.

"나 거대해?"

"아니야, 삼촌."

"정말?"

"응. 운동이나 하자."

헬스장에는 그들이 제대로 대화를 나눌 수 없을 만큼 시끄러운 음악이 흘러나오고 있었다. 정배 삼촌과 운이는 이미 러닝머신 위에서 걷고 있던 고모 옆에 나란히 서서 운동을 시작했다. 삼촌은 거대해지지 않을 때까지 뛸 거라며 속도를 올렸고, 운이는 소리가 나지 않는 티브이를 보며 하염없이 걸었다. 차라리 고모와 아지트로 산책을 가는 게 나았을 것 같다는 생각이 들었다. 지금 동수는 뭘 하고 있을까. 필리핀은 어디에 있는 나라일까. 사랑은 찾았으려나.

그때 시끄러운 소리가 들려서 운이는 무심코 뒤를 돌아봤다. 헬스장 한가운데에 사람들이 모여 있었다. 그들은 검은색 나시를 입은 남자를 주축으로 스트레칭을 하고 있었는데, 거기에는 재진이도 있었다. 재진이와 눈이 마주친 운이는 하마터면 러닝머신에서 넘어질 뻔했다.

"조심해."

옆에서 고모가 말했다.

"고모, 저기선 뭐 하는 거야?"

고모가 뒤돌아봤다.

"모르겠는데? 물어볼까?"

"아니."

손사래를 친 운이는 그들을 힐끔힐끔 쳐다보기만 했다. 검은색 나시를 입은 남자가 용관이류 학생처럼 재진이와 몇몇 아이들을 리드하며 운동했다. 재진이 저 자식은 여기서도 기생충같이 붙어 있군. 운이는 할머니처럼 혀를 찼다. 삼십 분 정도 러닝머신 위를 걷다가 고모와 운동 기구를 이용해 근력 운동을 했다. 정배 삼촌은 무슨 일인지 오늘은 더 뛰고 싶다고 해서 내버려뒀다. 재진이가 끼어 있는 그 이상한 집단은 기구 하나를 두고 돌아가면서 운동했다. 운이는 그들의 웃음소리가 자꾸 신경 쓰였다. 도대체 기구 하나에 몇 명이 붙어 있는 거야. 저러니 운동이 제대로 될 턱이 있나.

"운아, 집중해야지."

고모가 말했다.

"아, 응."

운이는 운동 기구를 몇 번 만지작거리다가 탈의실로 돌아왔다. 탈의실에는 한 시간 동안 러닝머신 위를 뛰어서 땀범벅이 된 삼촌이 벤치에 걸터앉아 있었다. 운이는 고개를 숙인 삼촌 옆에 앉아 어깨를 토닥여 줬다.

길드 마스터, 블랙 윈도우

그다음 주 토요일에 운이는 헬스장에서 재진이를 다시 만났다. 재진이는 러닝머신 위를 걷고 있던 운이에게 다가와서 대뜸 말했다.

"야. 너 우리 마스터가 와 보래."

"마스터?"

재진이는 손으로 어딘가를 가리켰다. 운이는 러닝머신을 멈추고 재진이가 가리킨 곳을 바라봤다. 검은색 나시를 입은 남자가 팔짱을 낀 채 운이를 쳐다보고 있었다. 남자는 깍두기 같은 머리에 하얀 이를 드러내며 미소 지었다.

"이런."

하필 고모는 데이트한다고 오지 않았고, 삼촌은 조카에게 무슨 일이 벌어지는지 모른 채 러닝머신 위를 뛰고 있었다.

"왜? 나 뭐 잘못했어?"

재진이는 웃더니 그런 거 없다고, 잠깐 보자는 것뿐이라고 말했다. 운이는 천천히 러닝머신에서 내려왔다. 재진이와 함께 가는 그 짧은 시간 동안 우추추, 우추추를 속삭이며 마음을 진정시켰다. 마치 연행되어 가는 범죄자가 된 기분이었다.

"반갑다."

검은 나시의 사내가 운이에게 손을 내밀었다.

"네? 반갑습니다."

운이는 엉겁결에 마스터라고 불리는 사람의 손을 잡았다. 마스터는 마른 몸에 비해 손이 크고 뜨거웠다.

"나는 블랙 윈도우라고 한다."

운이는 무슨 말을 해야 할지 몰라 아무 말도 하지 않았다.

"너도 이름 말해야지."

재진이가 옆에서 말했다.

"아, 저는 이운이라고 합니다."

"자네는 운이 좋나?"

"네?"

"조크다."

옆에 있던 재진이가 웃었다. 운이도 어수룩하게 웃으려고 노력했지만 쉽지 않았다. 학교의 연장선상에 있는 것 같았다. 어디든 나를 가만히 내버려두지 않는군.

"저번 주에 우리 길드에 들어오고 싶어 하는 너의 시선이 느껴졌다. 그래서 내가 먼저 손을 내밀었다."

"영광인 줄 알아."

재진이가 옆에서 끼어들었다. 재진이의 눈빛이 꼭 너도 어쩔 수 없는 기생충이며, 우리는 그렇게 누군가에게 빌붙어 살 수밖에 없다고 말하는 것 같아 기분이 썩 좋지 않았다.

"나는 열일곱 살이다. 너희보다 나이가 많지."

"네."

"우리 길드는 마스터인 내 이름을 딴 블랙 윈도우 길드로서, 일주일에 한 번 토요일마다 모여서 얘기를 나누고 있지. 주로 카페에서 모이지만 이번 방학만큼은 헬스장에서 모이고 있네. 미래를 도모하는 데 필요한 기초 체력을 기르기 위해 운동을 한 뒤, 이 앞 카페에서 이야기를 나누지. 우리는 밝은 미래를 설계하는 것을 궁극적인 목표로 삼고 있네. 나 같은 경우에는 좋은 대학에 들어가는 것이 목표다. 좋은 대학에 들어가야 인생이 잘 풀린다는 건 누구나 알고 있는 사실이니까 말이야. 어떤가. 자네도 우리와 함께할 생각이 있나."

운이는 아무리 생각해도 블랙 윈도우의 말투가 마음에 들지 않았다. 그럼에도 불구하고 네, 라고 말해 버렸다.

"좋다. 앞으로 우리와 함께하길 바란다. 매주 토요일에 만나자. 지금 이 순간, 이 자리에서."

"네, 감사합니다."

"다른 요일에는 만나고 싶어도 만날 수 없어. 우리는 토요일에 만나야 좋은 친구니까."

"네."

"그런데 자네 혹시 네네치킨을 좋아하나?"

"네? 아니요."

"자꾸 네네, 거려서. 하하하."

재진이는 약속된 것처럼 또다시 웃기 시작했고, 운이도 최선을 다해 웃었다. 운이는 나중에 고용주나 상사 혹은 군대 선임에게 수백 번 반복하게 될 네네, 를 그때 처음 발음했다.

운이는 그날부로 한 달 남짓한 방학의 토요일마다 블랙 윈도우 길드 소속으로 헬스장에 나갔다. 길드에 들어가기로 한 날, 블랙 윈도우는 운이에게 핸드폰 번호를 물어보고 대화방에 초대하겠다고 말했다. 그 길드는 재진이를 비롯해서 다른 중학교에 다니는 쌍둥이 형제 살라딘과 버몬트(둘은 운이보다 더 뚱뚱했다) 그리고 삭발을 한 부처라는 친구로 이뤄져 있었다. 길드 마스터 블랙 윈도우는 우리 길드는 모두 닉네임을 사용하고 있다며, 운이에게도 닉네임을 쓸 것을 요구했다. 우리는 우리가 아닐 때 더욱 스스럼없이 이야기할 수 있다면서.

"재진이 넌 닉네임이 뭔데."

"앙리."

재진이가 자신 있게 말했다. 그게 뭐야. 속으로 비웃었지만, 운이는 한 주 내내 어떤 닉네임을 지을까 고민했다. 설거지를 하면서도, 복숭아를 먹으면서도, 백구 계단을 오르면서도 끊임없이 생각했다. 고심 끝에 정한 닉네임은 룬이었다. 주문을 외우는 마법사 같은 느낌이 들었기 때문이다.

블랙 윈도우 길드는 스트레칭부터 마무리 운동까지 모든 운동을 같이 했다. 시간은 한 시간. 블랙 윈도우가 운동 기구에 앉아 동작을 알려 주면 한 명씩 돌아가면서 따라 했다. 운이는 운동에 대해 그렇게 잘 알면서 마른 몸을 가진 블랙 윈도우를 이해할 수 없었다. 운동이 끝난 뒤에는 헬스장 앞 카페에 갔다. 그곳에서 에스프레소 두 잔을 시켜 놓고 한 주 동안 어떻게 지냈는지 이야기하는 시간을 가졌다. 처음 운이가 길드에 들어갔다는 말을 고모에게 했을 때, 고모는 부정적이었다.

"고딩이 뭘 안다고."

하지만 옆에서 운동하는 걸 지켜보고, 운이가 비록 가식이지만 친구들과 어울리는 모습을 보면서 생각을 바꿨다. 게다가 고모는 헬스장에 나가는 날이 눈에 띄게 줄었다. 고모는 시험이 다가온다는 이유로, 약속이 있다는 이유로, 몸이 좋지 않다는 이유로 운동을 빼먹었다. 정배 삼촌만이 운이를 데리고 헬스장을 찾았다. 삼촌은 다른 운동은 하지 않고 러닝머신 위에서 뛰기만 했다. 운이는 왠지 창피해서 삼촌을 길드원들에게 소개하지 않았다.

운이는 카페에 앉아 이야기 나누는 시간이 가장 좋았다. 물론 친구들의 시시콜콜한 이야기를 듣는 건 고역이었다. 쌍둥이 형제인 살라딘과 버몬트는 부모님 흉을 보기 바빴다.

"어떻게 사람이 둘인데 치킨은 한 마리만 시켜 줄 수 있는 거죠?"

"그것도 한참 자랄 청소년기에!"

"키가 크지 않으면 어쩌려고."

"우리가 못사는 집이면 말도 안 해요."

"맞아, 돈도 잘 벌면서 용돈도 적게 주고."

그들은 서로 말하기 바빴고 운이는 형제가 하는 말의 대부분을 알아듣지 못했다. 부처는 자기 집은 기독교 집안인데, 반항하기 위해 머리를 깎았지만 아무도 제 반항을 알아주지 않아서 슬프다고 했다.

"아직도 모르나?"

블랙 윈도우가 물었다.

"그럼요. 이대로 머리를 기를 때까지 영영 모를 거예요."
"말하면 되잖아. 당신들 때문에 머리를 밀었다고."
운이가 말했다.
"그럼 멋이 없잖아."
그러면서 부처는 자신의 민머리를 쓰다듬었다. 운이는 부처가 안타까우면서도, 반항하는 이유가 궁금했다. 재진이, 아니, 앙리는 기생충 주제에 연애를 하고 있었다. 다음 주 수요일이 백 일인데 선물로 뭘 해 줘야 할지 고민이라고 했다. 운이는 사랑을 하고 싶은데 아직까지 한 번도 해 보지 못한 동수보다 앙리가 낫다고 생각했다. 살라딘과 버몬트는 치킨보다 더 소중한 건 없다면서 백 일에 치킨을 먹을 것을 추천했고, 부처는 귀여운 곰 인형을 선물하라고 했다. 운이는 잘 모르겠다고 말했다. 블랙 윈도우는 참고서를 사서 선물하면 그보다 좋은 선물은 없을 거라고 조언했다.
"감동의 눈물을 흘릴지도 모르네. 미래를 걱정해 주는 남자 친구의 모습을 바라보면서."
앙리는 여러분의 말을 참고해 선물을 고를 것이며, 다음 주에 결과를 이야기해 주겠다고 말했다. 운이 차례가 되자 운이는 방학마다 할머니 가게에 나가 설거지를 해야 하는 신세에 대해 말했는데, 공감이 가지 않는지 아무도 제대로 호응해 주지 않았다. 조금 섭섭했다.

모든 길드원의 이야기가 끝나자 블랙 윈도우는 에스프레소를 한 모금 마셨다. 에스프레소를 마시는 건 인생의 쓴맛을 느끼기 위해서라고 그는 말했었다. 운이는 넓은 테이블에 놓인 조그마한 에스프레소 잔 두 개를 보자, 아르바이트생이 자꾸 이쪽을 쳐다보는 것 같아 신경 쓰였다.

"삶이란, 쉽지 않더군."

블랙 윈도우가 말했다.

"왜요?"

부처가 물었다.

"여러분도 알다시피 나는 방학에도 학교에 나와 공부하라는 말을 듣고 학교라는 교육 단체에 홀로 외롭게 저항 중이다. 그런데 야비한 조직에서는 나의 부모에게 전화를 걸어 왔다."

"너무한 거 아닙니까!"

앙리가 테이블을 내리치며 말했다.

"그렇지? 다 건드려도 가족은 건드리면 안 된다. 난 너무 불쾌해서 독서실에서 나와 그 길로 학교에 갈까 하다가 일이 커지는 것은 우리 가족에게도 좋지 못할 것 같아 참았다."

"저희가 도움이 될 만한 일이 있을까요?"

쌍둥이 형제 중 동생인 버몬트가 물었다.

"자네들이 도움을 준다면야 좋겠지만, 이 문제는 오직 나의 문제다. 나는 개학하고 치를 중간고사에서, 방학 때 학교에 나가지 않아도 공부를 잘할 수 있다는 것을 성적으로 보여 주면 된다는 결론에 이르렀네."

"역시 보여 주는 것만이 답이군요."

앙리가 고개를 끄덕였다.

"그렇다. 지금 나에게 있어서는 뭐가 됐든 기승전 공부다. 그래서 나는 오늘도 공부하고, 내일도 공부해야 한다. 여러분도 나처럼 꼭 공부가 아니더라도 하고 싶은 걸 찾길 바란다."

운이는 자기 마음대로 뭔가를 결정 내리고 확고한 소신이 있는 블랙 윈도우가 다른 사람과 달라 보였다. 그의 기발한 닉네임만큼이나 옷도 마음에 들었다. 그가 입은 검정색 나시처럼, 운이도 자신을 대표하는 옷이 있으면 좋겠다고 생각했다. 블랙 윈도우는 열정에 대한 이야기를 늘어놓기도 했다.

"내 친구들 중에는 좋지 않은 부류의 친구들이 있다. 속히 말해서 담배를 피우고 한밤중에 오토바이를 몰고 다니며 밤을 정복하는 아이들이지. 그들은 가끔 싸움을 벌이기도 하고, 학교에 나오지 않기도 한다. 나도 그들처럼 될 수 있다. 나도 과거에 그 그룹에 속한 적이 있으니까."

"정말요?"

운이는 놀라서 물었다.

"그럼. 나의 추악한 과거를 여기서 공개하고 싶지는 않다. 나는 그들을 존중한다. 그들에게는 낭만이 있다. 그들은 무언가를 열정적으로 할 줄 아는 아이들이다. 놀 땐 놀 줄 아는 아이들이라는 거다. 하지만."

"하지만."

길드원들이 블랙 윈도우의 말을 따라 했다.

"하지만 그들은 벽을 느낄 것이다. 좋은 대학에 들어가지 못할 것이고, 자신이 오를 수 없는 벽을 보면서 후회하고 말 것이다. 하지만."

"하지만."

다시 한번 길드원들이 블랙 윈도우의 말을 복창했다.

"하지만 그들의 열정을 존중한다. 자네들은 그들처럼 단 한 번이라도 열정을 불태워 본 적이 있는가?"

길드원들은 아무 말도 하지 못했다.

"우리는 그들을 보며 반성해야 한다."

운이는 어릴 때 친구들을 따라 무심코 갔던 교회의 신자가 된 것 같은 느낌이 들었다. 열정이라. 뭔가를 열심히 해 본 적이 있냐던 동수의 말과 일맥상통하는 부분이 있었다. 운이는 과연 좋은 대학에 가는 것만이 정답일까, 라는 생각도 했다. 좋은 대학에 가면 정확히 뭐가 좋은지 알 수 없었다. 설거지를 하면서 운이는 고모에게 물어봐야겠다고 생각했다.

일을 끝마친 뒤 할머니는 밥을 차렸다. 할머니는 정배 삼촌이 밥을 한 그릇만 먹고 일어나는 모습을 보며 물었다.

"이제 내 음식이 맛없냐?"

"엄마 음식은 세상에서 제일 맛있어요."

할머니는 그런데 왜 한 그릇밖에 안 먹냐면서, 요즘 얼굴이 많이 상했으니 밥 좀 제대로 먹으라고 말했다.

"운동은 그만하고."

할머니가 그런 말을 하는 것도 이해가 가는 것이, 정배 삼촌은 러닝머신 위를 뛰기 시작하면서 밥을 절대로 한 공기 이상 먹지 않았다. 운이는 말없이 두 공기를 해치웠다.

"괜찮아요, 엄마."

삼촌은 웃으면서 말했다. 그날 운이는 정배 삼촌의 촉촉한 눈빛을 알아채지 못했다. 엄마인 할머니만 알아채고 삼촌에게 그런 말을 했던 것이다.

가게 문을 닫은 뒤, 정배 삼촌과 운이는 어김없이 헬스장을 찾았다. 저녁의 헬스장은 사람들이 붐볐다. 정배 삼촌은 옷만 갈아입고 러닝머신 위로 올라갔고, 운이는 헬스장에 있던 살라딘과 대화를 나누며 힘들이지 않고 운동을 했다. 살라딘은 운이에게 요즘 자주 하는 게임 이야기를 했다. 운이는 알지 못하는 게임임에도 불구하고 학교에서처럼 고개를 주억거렸다.

그때였다. 쿵, 하는 소리가 러닝머신 쪽에서 들렸다. 운이는 뭔가 재밌는 일이 일어나지 않을까 하는 기대로 고개를 돌렸다. 하지만 눈에 들어온 건 삼촌이 러닝머신 밑에서 오른발을 붙잡고 뒹구는 모습이었다. 삼촌은 헬스장이 떠나가라 소리를 질렀다. 트레이너들을 포함해 사람들이 그쪽으로 달려갔다. 운이는 그 순간 아무것도, 정말 아무것도 할 수 없었다. 망부석처럼 서서 삼촌을 바라보는 것 말고는. 살라딘이 물었다.
"왜, 아는 사람이야?"
"응."
운이가 답했다. 젠젠다를 외치지도 않았는데 시간이 빠르게 흘러갔다.

헬스장의 시끄러운 댄스 음악은 중단됐고, 얼마 지나지 않아 구급차가 왔다. 몇 년 전 교통사고가 났을 때 왔던 구급대원들이었다. 삼촌은 구급대원들에게 부축을 받으며 구급차로 갔다. 운이도 뒤따라 나갔다. 운이는 삼촌의 멍든 다리를 보자 눈물이 왈칵 쏟아졌다. 에어컨이 제대로 나오지 않는 차 안에서 눈물은 흐르는 땀과 섞여 바닥으로 떨어졌다.
"안 되는데."
삼촌이 말했다.
"뭐가, 안 돼."
"엄마가 다시는 너 이 차에 태우게 하지 말랬는데."
"그게 지금 뭐가 중요해."
운이는 삼촌에게 뭘 어떻게 했길래 이렇게 거무스름한 멍이

들었는지 물었다. 삼촌은 미간을 찌푸리며 러닝머신 위에서 뛰다가 넘어졌다고 말했다. 운이는 삼촌의 부쩍 핼쑥해진 얼굴을 바라봤다. 윗옷이 말려 올라가 드러난 배에는 살이 튼 자국이 있었다. 운이는 삼촌의 손을 꼭 잡아 줬다.

"그런데 운아. 나 이제 거대하지 않지?"

운이가 아무 말도 하지 않자 삼촌이 다시 물었다.

"아직도 거대해?"

운이는 그날 이후로 삼촌을 그 누구보다 사랑하게 됐다.

정배 삼촌은 한 달간 깁스를 하게 됐다. 할머니는 다 자기 잘못이라며 막걸리를 마셨다. 운이는 정배 삼촌의 빈자리를 채우기 위해서 고모랑 교대로 식당 일을 도와야 했다. 정배 삼촌은 하루 종일 집에 있었다. 감량한 몸무게를 다시 찌우는 건 그리 어렵지 않은 일이었다. 운이 역시 헬스장에 가는 날이 부쩍 줄어들었다. 너무 피곤해서 길드 모임에도 나가지 않았다. 모임 날, 블랙 윈도우는 운이에게 괜찮다고, 삶이란 그렇고 그런 거라는 문자를 보내왔다. 날 잘 알지도 못하면서. 운이는 마스터의 문자를 보며 생각했다. 그래도 블랙 윈도우와 더욱 가까워진 느낌이 드는 게 나쁘지만은 않았다. 운이는 누가 뭐라 해도 블랙 윈도우 길드의 정식 길드원이었다.

운이는 방학 마지막 주에야 길드 모임에 참석했다. 길드원들은 운이를 반겼다.

"룬, 삼촌은 어때?"

앙리가 물었다.

"괜찮아. 나아지고 있어."

"네가 고생이네."

앙리는 마음에도 없는 말을 그렇게 잘했다.

"백 일 선물은 어떻게 됐어?"

운이는 주목받는 것이 싫어서 화제를 돌렸다.

"마스터 말대로 참고서를 선물했는데, 좋아하더라. 아주 조금."

"그건 자네가 최신 개정판을 선물하지 않아서 그런 거네."

블랙 윈도우가 말했다. 살라딘과 버몬트는 전보다 살이 더 찐 것 같았다. 누가 쌍둥이 아니랄까 봐 둘 다 뱃살이 툭 튀어나와 있었는데, 걷는 게 불편해 보일 정도였다. 치킨을 한 마리만 시켜 주는 그들의 부모님을 이해할 수 있었다. 그들은 어김없이 샐러드로만 밥을 차려 주는 엄마에 대한 불만을 늘어놓았다. 한참 자랄 청소년기에 어떻게 그런 식단을 챙겨 줄 수 있냐면서, 뻔한 레퍼토리의 반복이었다. 부처는 그새 머리카락이 많이 자라 있었는데, 다시 자를 예정이라고 했다.

"반항은 영원해야 해."

"왜 반항하는 거야?"

운이가 용기 내서 물었다.

"그걸 몰라서 물어?"

"응."

"다들 하니까."

"그렇군."

운이는 고개를 끄덕였다. 자신은 너무 순순히 할머니 일을 돕고 있는 건 아닌지 돌아보면서.

"이제 룬 차례군."

블랙 윈도우가 말하자 길드원들 모두 운이를 바라봤다. 운이는 다들 알다시피 삼촌이 아파서 그동안 할머니 가게 일을 돕느라 바빴다고 했다.

"그래서 공부는 못 했어요. 가게 일을 하면서 살은 좀 빠진 것 같네요."

운이는 길드원들이 별 흥미가 없어 보이자 여기서 말을 끝냈다. 블랙 윈도우는 에스프레소를 한 모금 마신 뒤 말했다.

"곧 개학이군. 남은 시간 뜻깊게 보내도록."

그렇게 블랙 윈도우 길드 모임은 일단락됐다.

"이번 방학은 어땠어?"

매미 소리가 가득한 밤, 마루에 걸터앉은 정숙이 고모가 운이에게 물었다.

"나쁘지 않았어. 삼촌이 다치지 않았다면 더 좋았겠지만."

"길드는 괜찮았어?"

고모는 수박 한 조각을 베어 먹었다. 매미 소리가 커서 대화하려면 헬스장에서처럼 목소리에 힘을 줘서 말해야 했다.

"학교보단 좋아. 블랙 윈도우는 특별했거든. 할머니처럼 믿음이 확고했어. 하지만 개학하면 다들 흐지부지해질 거야."

"그래서 여전히 젠젠다의 나날?"

"그렇지."

운이는 별 하나 없는 막막한 밤하늘을 바라보다가 고모는 삼촌에 대해 어떻게 생각하냐고 물었다.

"오빠가 왜?"

"난 삼촌이 그렇게 열심히 운동할 줄 몰랐어. 삼촌은 늘 느리고 둔했으니까."

"둘째 오빠가 좀 그런 면이 있지. 무턱대고 하는 거 말이야. 옛날에도 엄마가 한번 밤중에 열이 나고 머리 아프다고 하니까, 그 즉시 엄마 업고는 버스 세 정거장 거리를 달려서 응급실에 데려갔어."

"택시가 없었어?"

"아니, 급하니까 그런 게 눈에 안 들어왔나 봐."

"삼촌 참 이상해."

"맞아."

"고모, 그런데 말이야. 꼭 좋은 대학에 가야 해?"

"그런 말 하면 내가 아니, 라고 할 줄 알았지? 응, 좋은 대학 가는 게 일단 좋아."

고모는 그 말을 하며 웃었다.

"나도 하나 물어볼게."

"응."

"운이는 아빠 보고 싶지 않아?"

"아빠?"

"아빠 소식이라던가."

"명절 때 보잖아. 아빠보단 엄마가 보고 싶어. 얼굴도 모르지만."

매미 소리는 여전했고, 그들 사이로 느슨한 바람이 지나갔다.

"앞으로의 생활을 위해서 주문들을 업데이트해야겠어. 너무 뻔한 주문들만 있는 거 같아. 고모, 너무 내 이야기만 했네. 고모 이야기도 좀 들려줘."

"좋아."

고모는 할머니한테는 말하지 않았지만 이번 시험에서 또 떨어졌으며, 전에 말했던 중국집 남자 친구와 결국은 다시 만나고 있다고 했다.

"아니, 글쎄, 다 잘못했다면서 나한테 사과하는 거 있지. 그리고 내가 시험에 백 번 떨어지든, 백한 번 떨어지든 나 아니면 안 되겠대. 그렇다고 날 책임지지도 못할 거면서. 자기는 내가 시험에 합격해서 서울 가면 따라갈 거래. 거기서 버려져도 상관없고, 그것이야말로 진정한 러브래. 웃기지 않아?"

 고모는 말하고 난 뒤 운이를 쳐다봤다. 마루 기둥에 기대앉은 운이의 눈이 감겨 있었다. 정숙이 고모는 자고 있는 운이를 바라보다가, 핸드폰으로 시간을 확인했다. 그리고 운이를 깨워 방에서 자라고 하며 들여보냈다. 늦여름이었다. 개학을 앞둔, 더위가 꺾여 가는 어느 밤.

주문 리스트

젠젠다
반복할수록 시간이 빨리 간다.

단단디
반복할수록 시간이 느리게 간다.

튀튀시
두 번 반복 후, 눈을 크게 뜨면 아프지 않다.

이리올라지 안데스카
사랑에 빠진다.

고로고로
고, 로, 고, 로, 라고 띄어서 발음하면 한 음절당 키가 0.01㎜씩 자란다.

잠무슈
잠무슈, 조용히 말하면 잊어버리고 싶은 기억을 잊어버린다.

우추추
반복할수록 마음이 진정된다.

바사라
시간이 조금씩 멈춘다

구구
구구. 구구. 구구. 주문을 외운 순간부터 몸이 가벼워지기 시작한다.

이륙하기 위해선 활주로가 필요해

"독수리라니, 무슨 말인가."

블랙 윈도우가 운이에게 물었다.

"쉬는 시간이나 점심시간이 되면 그 자식들이 그렇게 불러요. 독수리."

"좀 더 자세히 얘기해 줄 수 있나."

운이는 고인 침을 삼켰다. 길드원들 모두 운이를 바라봤다. 9월임에도 불구하고 카페 안에는 여전히 에어컨이 돌아가고 있었다. 변함없이 비루한 운이의 학교생활처럼. 개학 후 첫 모임이었다. 운이는 자기도 모르는 사이에 그동안 참아 왔던 속이야기를 하고 있었다.

"저는 걔들이 독수리, 하고 부르면 달려가야 해요. 잠을 자고 있건, 화장실에 가 있건, 핸드폰을 만지고 있건 달려가서 팔을 붙잡아야 하죠. 독수리가 주인의 팔에 앉듯이."

"진짜야? 안 하면 때려?"

부처가 물었다.

"헤드록을 걸거나 정강이를 차는데 좀 아파."

"언제부터 그랬는데?"

"모르겠어."

운이는 사실 언제부터인지 정확히 기억하고 있었다. 무영이 자식이 발단이었다. 용관이 일당 중 한 명인 무영이를 운이는 용관이의 하수인이라고 생각했다. 무영이는 용관이보다도 덩치가 컸다. 그렇다고 운동을 잘하는 건 아니었다. 오히려 운이와 함께 늘 좋지 못한 체육 성적을 받았다. 하지만 큰 몸집만으로도 하수인 역할에는 충분했다.

그런 무영이가 개학하고 얼마 지나지 않은 어느 날, 갑자기 혼자서 피식거렸다. 몸집처럼 목소리도 큰 무영이였기 때문에 아이들은 무슨 일인가 하면서 무영이를 쳐다봤다. 이 독수리 좀 봐. 뚱뚱해서 날지도 못해. 무영이가 자신이 보던 영상을 용관이에게 보여 주자, 용관이도 웃었다. 다른 아이들도 돌아가며 영상을 보더니 낄낄거렸다. 운이도 아이들 사이에 껴서 보려고 할 때, 무영이가 말했다. 이 독수리 운이랑 닮지 않았냐. 뒤뚱뒤뚱 걷는 폼이 완전 이운인데? 그러자 아이들이 운이를 보며 자지러지게 웃었다. 운이는 황당했다. 영상 속 대머리독수리는 어리둥절한 표정으로 제 몸무게를 감당하지 못해 천천히 걷고 있었다. 날 수도 없는 것 같았다. 나랑 닮은 거라곤 덩치밖에 없는데, 별것도 아닌 걸로 웃네.

그 이후로 용관이 일당은 운이를 독수리, 하고 불렀다. 그럼 운이는 날갯짓하듯 팔을 허공에 휘적거리며 그들에게 다가가 팔을 붙잡았다. 아이들은 웃었고, 운이도 웃었다. 용관이 일당이 아닌 녀석들까지 그렇게 부를 때는 정말 참을 수 없었다. 하지만 참아야 했다. 물론 길드원들에게 이 모든 이야기를 구구절절 늘어놓지는 않았다. 여기서까지 초라해지고 싶지 않았으니까.

"왜 그 자식들하고 다니나."

블랙 윈도우가 물었다.

"딱히 걔들 말고는 친구가 없어요. 그리고 그 자식들은 잘났어요. 걔들이랑 같이 있으면 뭔가 있어 보이거든요."

블랙 윈도우는 고개를 저으며 식은 에스프레소를 마셨다.

"일진들이라는 거지?"

버몬트가 물었다.

"아니야. 우리 학교에는 일진 없어."

"그건 우리도 마찬가지야."

살라딘은 그렇게 말하며 동의를 구하듯 동생인 버몬트를 쳐다봤다.

"맞아. 우리는 오손도손 다 잘 지내는 거 같아. 이왕 이렇게 된 거 우리 학교로 전학 올래?"

"됐어."

"내가 가서 혼쭐을 내 줄까?"

블랙 윈도우가 자리에서 벌떡 일어서며 말했다. 테이블이 흔들려서 에스프레소가 쏟아질 뻔했다.

"진정해요."

"앙리는 뭘 하는 건가. 길드원이 이렇게 당하고 있는데!"

"괜찮아요. 전 일을 키우고 싶지 않아요. 게다가 앙리는 다른 반이어서 상황을 잘 몰라요. 우리가 하는 건 그냥 일종의 놀이예요."

운이는 억지 미소를 지었다.

"어째 자네가 그 자식들의 변호인이 된 것 같군? 우리가 도와줄 수 있으면 도와주고 싶은걸."

"그냥 이렇게 들어 주기만 해도 돼요. 그래도 말하니까 속은 시원하네요."

"학교생활이 쉽지 않겠군."

운이는 그래도 주문이 있어서 버틸 만하다고 말하려다가 말았다. 젠젠다는 물론이고, 잊고 싶은 기억을 지우기 위해 잠무슈를 외워야 하는 날도 있었다. 그럼에도 선명히 떠오르는 날카로운 기억들은 내버려두는 수밖에 없었지만.

"그럼 시선을 돌려 보는 건 어떤가."

블랙 윈도우가 제안했다.

"어떻게요?"

"피할 수 없으면 고개를 돌려 보라는 말이 있지 않은가. 다른 뭔가에 빠져 보는 거지."

피할 수 없으면 즐겨라, 가 아닌가요. 운이는 속으로만 생각했다.

"예를 들자면 방과 후 동아리 활동 같은 게 있겠지."

"시시한 영화감상부 같은 거요?"

"그럴 수도 있고. 자네들은 지금 무엇에 빠져 있나?"

블랙 윈도우는 다른 길드원들을 둘러봤다.

"전 반항이죠."

부처는 어렵지 않게 말할 수 있었다. 부모님의 관심을 끌기 위한 사투. 끝날 것 같으면서도, 영원히 끝나지 않을 것 같은 전쟁. 부처는 그렇게 무거운 단어들을 사용해서 질풍노도의 시기를 정의했다. 똑같은 청색 반팔 티셔츠를 입은 살라딘과 버몬트는 서로를 바라보며 생각에 잠겼다. 마치 무엇에 빠져 있는지 서로가 답을 알고 있다고 믿는 것처럼. 운이도 자신이 무엇에 빠져 있는지 생각해 봤는데, 기생충으로서 하루하루 연명하고 있다는 것 말고는 어떤 생각도 들지 않았다.

"나 같은 경우에는 여전히 공부에 빠져 있다."

블랙 윈도우가 자랑스럽게 말했다.

"길드 마스터다운 말씀이시군요."

부처가 박수를 보냈다. 유리창 너머로 앙리가 카페를 향해 걸어오는 게 보였다. 운이는 서둘러 길드원들에게 말했다.

"제가 방금 했던 얘기 있잖아요. 앙리에게는 비밀이에요. 알겠죠?"

모두 알겠다고 했다. 문이 열리자 습한 바람이 밀려 들어왔다. 앙리는 길드원들이 앉아 있는 테이블로 다가왔다. 이마에

땀방울이 맺혀 있었다.

"늦어서 죄송해요."

"아니네. 앉게나."

블랙 윈도우가 남은 의자 하나를 가리켰다.

"주말에도 독서실 가래서 갔다 왔어요. 공부도 안 되는데 왜 가야 하는 건지."

"그건 우리 집도 마찬가지야."

살라딘이 말했다.

"그럼 너희도 독서실 갔다 왔어?"

"아니, 안 갔는데."

버몬트가 대신 답했다.

"왜?"

"엄마가 몰라."

"그렇구나. 우리 엄마는 확인하거든."

"너무 세심하신데."

"근데, 앙리. 너 그러는 거 아니다."

뜬금없이 부처가 끼어들었다.

"뭐가?"

운이는 다급한 눈으로 부처를 바라봤다.

"아니야."

"뭐야, 뭔데. 숨기는 거라도 있어? 나도 알려 줘."

길드원들은 약속이나 한 듯 침묵을 지켰다. 앙리는 내가 잘못한 일이 있냐고 물었다. 아무도 답하지 않았다. 운이는 일이 잘못 돌아가고 있다는 생각에 자기도 모르게 젠젠다를 중얼거렸다. 주문에 의존하는 날이 많아지고 있었다.

"음. 그게, 운이가 밋밋하대."

살라딘이 불쑥 말했다. 젠젠다를 외쳤기 때문인지 꽤 긴 침묵이 흐른 뒤였다.

"뭐가 밋밋해?"

"학교생활이."

"근데 왜 날 노려본 거야."

"넌 운이랑 같은 학교에 다니고 있잖아."

"우리는 같은 길드원이고."

살라딘과 버몬트가 연달아 말했다.

"그렇군. 운이 너는 왜 밋밋한데."

앙리가 말했다.

"나도 몰라."

운이가 짧게 말했다.

"그럴 땐 말이야, 연애를 해 봐. 진짜 좋거든."

이 말에 잠자코 있던 블랙 윈도우가 앙리의 말꼬리를 덥석 잡았다.

"그럼 혹시 자네가 운이를 위해 여인 분을 소개시켜 줄 수 있나. 뭐 인원수가 맞지 않으면 나도 껴도 좋고."

"제가요?"

블랙 윈도우의 말에 앙리의 눈이 동그래졌다.

"그래, 자네에게는 이미 아리따운 여자 친구가 있고, 우리는 아무도 없지 않은가. 우리야, 남녀공학이 아니라서 아는 여자 친구들도 없고. 혹시 실례가 안 된다면 자네 여자 친구에게 물어봐 주면 안 되나? 운이를 소개해 줄 만한 친구가 있는지."

여자 친구라니. 여자 친구를 만드는 건 동수나 앙리처럼 잘생긴 애들에게나 가능한 일이었다.

"됐어. 무슨 소개야."

"어허."

블랙 윈도우가 운이의 허벅지를 붙잡았다.

"가만히 있게나."

그는 앙리를 보면서 소개해 주면 좋겠다고 다시 한번 말했다. 앙리는 운이를 한번 힐끔 쳐다봤다.

"생각해 볼게요."

"지금 여자 친구한테 한번 연락해 보는 건 어때?"

민머리의 부처가 말했다.

"지금? 지금은 좀."

앙리는 머리를 긁적였다.

"그래, 바로 하는 건 솔직히 힘들지."

부처가 고개를 끄덕였다.

"맞아. 여자 친구 분도 부담스럽겠지. 내가 여자 친구가 있었다면 바로 물어봤겠지만."

살라딘이 말했다.

"그렇지, 형. 나한테도 여자 친구가 있었다면 친구 한 명 소개시켜 주는 것쯤은 어려운 일도 아니니까 바로 전화해서 물어봤겠지만, 힘들면 어쩔 수 없지."

버몬트도 동조했다.

"앙리 자네는 여자 친구와 별로 가깝지 않나 보군. 하긴 그럴 수도 있지."

"아니, 그건 아닌데."

앙리는 괜히 핸드폰을 만지작거리다 결국 말했다.

"좋아요. 한번 물어보죠."

"오오."

"역시, 앙리야."

"굳이 안 해도 돼."

운이가 말했다.

"룬."

"아, 네."

앙리는 전화를 걸었다. 모두가 숨죽이며 앙리를 지켜봤다. 통화 연결음이 고요히 흘러나왔다.

"어, 미지야. 나야. 아니. 밥 먹었어? 응, 나도 먹었지. 독서실 갔다 왔어. 지금 뭐 해? 아, 친구랑 놀아? 우리 내일 보기로 했지. 그래. 아, 그게 있잖아. 어, 말하라고? 어. 혹시 내 친구 중에 괜찮은 애 있는데, 혹시 소개시켜 줄 만한 친구 있어? 없으면 어쩔 수 없고. 괜찮아. 아, 그래. 어, 어. 알았어."

운이는 양손으로 핸드폰을 쥐고 굽신거리면서 통화하는 앙리를 바라봤다. 사랑을 한다는 게 꼭 좋은 일만은 아닐지도 모른다.

"어떻게 됐어?"

살라딘이 물었다.

"사진을 보내 달래."

"내 사진은 왜?"

운이가 말했다.

"왜긴 왜야. 답답하네."

"난 사진 없는데."

"지금 찍자."

블랙 윈도우가 호주머니에서 핸드폰을 꺼냈다.

"지금요?"

"그래. 지금 사진을 찍어서 보내는 거지."

부처는 그 말에 바로 핸드폰을 들면서 자기 것이 화질이 좋다고 했다. 왠지 모르게 길드원들은 신이 나 있었다. 한 번도 보지 못한 여자애에게 사진을 찍어 보내야 하다니. 운이는 빨리 집에 가고 싶어졌다. 할머니와 삼촌이 오면 차려 주는 밥을 먹을 것이다. 오늘만큼은 기름진 참치김치찌개를 먹고 싶다. 마루에 누워 따뜻한 저녁 바람을 맞으며 주말을 마무리하고 싶었다. 그리고 영화 보면서 자야지. 자고 일어나면, 자고 일어나면, 설마 학교에 가야 하는 건가.

카메라 렌즈가 운이를 향했다.

"좀 웃어 봐. 룬! 김-치."

"김-치."

"입만 웃고 있잖아. 다시."

운이는 마음을 다스리는 주문인 우추추를 외우고 최선을 다해 웃었다. 부처는 사진을 길드원들에게 보여 줬다. 과연, 부처의 핸드폰은 눈 밑의 미세한 흉터까지 보일 정도로 화질이 좋았다. 그래서인지 매부리코 주위에 자리 잡은 흰 좁쌀 여드름과 접힌 턱살, 넓은 이마까지 선명하게 보였다. 입꼬리는 어색하게 올라가 있었다. 운이는 왜 무영이 자식이 자기를 대머리 독수리라고 했는지 조금은 이해가 갔다.

"설마 이대로 보낼 건 아니지?"

앙리가 물었다.

"당연하지."

부처는 능숙하게 운이의 사진을 보정했다. 부드러운 터치 몇 번으로 운이는 다른 사람이 되었다. 여드름이 사라진 말끔한 피부에 턱선이 살아났고, 눈도 커졌다.

"이건 내가 아니잖아."

현실 파악을 한 운이가 말했다.

"첫인상이 중요한 법이야."

앙리의 말에 다들 동의했다.

"이렇게 사기를 쳐도 돼?"

운이가 부처를 쳐다보며 물었다.

"왜?"

"넌 부처잖아."

"그게 뭐 어때서."

"아니야."

"그럼 이대로 보낸다?"

"그렇게 하지."

블랙 윈도우가 말했다. 앙리는 부처에게서 새롭게 태어난 운이의 사진을 받아 여자 친구에게 전송했다.

"정말 괜찮을까요?"

"외모가 중요한가. 마음이 중요한 법이지."

운이가 생각하기에 블랙 윈도우의 말은 모순됐다. 하지만 길드원들은 아무 말도 하지 않았다. 그들은 다시 이야기를 시작했다. 살라딘과 버몬트의 지루한 학원 이야기를 듣고, 사춘기

드라마에나 나올 법한 앙리의 연애담을 듣다 보니 어느새 에스프레소 두 잔 모두 바닥나 있었다. 운이는 보낸 사진이 어떻게 됐는지 내심 궁금했지만 묻지 않았다. 블랙 윈도우는 중간고사가 인생의 전부는 아니지만 결국 한 시험, 한 시험이 인생을 완성하기 때문에 열심히 하라는 말을 끝으로 개학 후 첫 길드 모임을 마쳤다. 자리에서 일어나 테이블을 정리하고 있을 때, 앙리가 핸드폰을 들여다보며 말했다.

"오, 번호가 왔어."

"진짜?"

"어, 소개받을 친구 이름은 김지안. 내 여자 친구랑 단짝이래. 잘 부탁한대. 운이 네 번호 알려 줬어."

"그럼 이제 어떻게 해야 하는가."

블랙 윈도우가 슬그머니 다시 자리에 앉았다. 길드원들도 따라 착석했다. 운이는 진땀이 나기 시작했다. 분명 에어컨은 잘 돌아가고 있었다.

"김지안이라는 친구에게 문자를 보내야죠."

"뭐라고 보내?"

운이가 물었다. 길드원들은 정답을 알 수 없는 수학 문제를 만난 듯 고심했다.

"처음이 제일 중요한데."

앙리가 턱을 긁으며 생각에 빠졌다.

"앙리, 자네만 믿네. 자네는 유일한 경험자니까."

"너무 길게 보내면 안 돼요. 그럼 수다스러워 보이거든요. 충분히 매력적이되 짧게 보내는 게 중요하죠."

"그렇군."

"그래서 어떻게 하라는 건데."

"음. '안녕?' 어때? 심플하게."

앙리가 말했다.

"그럼 메시지를 누가 보냈는지 어찌 아는가. '안녕? 난 운이다.'는 어떤가?"

"'안녕? 난 운이야.'로 바꾸죠. 부드럽게요."

살라딘은 그렇게 말하며 비어 있는 에스프레소 잔을 괜히 홀짝였다.

"그럼 운이가 누군지 어떻게 알아?"

버몬트가 물었다. 테이블에서 멀지 않은 곳에 서 있는 아르바이트생의 시선이 느껴졌다. 관심 없는 척하면서 그들이 나누는 얘기를 유심히 듣고 있었다. 쥐구멍에 숨는 주문이 있었다면 운이는 일 초도 고민하지 않고 외웠을 것이다.

"좋아요. 그럼 최종적으로 '안녕? 이번에 소개받게 된 운이야.' 이렇게 가죠. 다들 동의하시죠?"

운이는 길드원들이 정한 대로 입력해 문자를 보냈다.

"답장이 안 오는데."

초조해진 운이가 말했다.

"어떻게 바로 오냐. 밀당 몰라?"

앙리는 쯧쯧거렸다.

"그럼 어떻게 해."

"이제 기다려야지. 보내고 싶을 때 보내겠지."

"고진감래. 기다림 끝에 낙이 올 거네. 답장이 왔는데 어떻게 해석해야 할지 모르겠다면 언제든지 연락하게나. 우리가 도와줄 테니."

"네."

길드원들은 운이보다 이 일에 더 관심이 많아 보였다. 길드원들이 지금 빠져 있는 건 다름 아닌 운이의 연애였다. 난 아닌데. 하지만 운이는 집에 가서도 핸드폰을 계속 손에 쥐고 있었다. 밥 먹을 때도, 설거지할 때도, 티브이를 볼 때도, 심지어는 잘 때도. 그날 밤, 운이의 핸드폰은 진동이 딱 한 번 울렸다. 정배 삼촌 옆에 누워 이제 막 잠이 들려던 때였다. 운이는 깜짝 놀라 핸드폰을 봤다. 메시지가 와 있었다.

― 아직도 답이 없나.

블랙 윈도우였다.

제자리 비행

운이는 배가 아파 종례가 끝나자마자 화장실로 향했다. 일을 해결하고 밖으로 나오니 교실 문은 잠겨 있었다. 좀 기다려 주지. 어떻게 한 명도 없냐. 운이는 가방을 고쳐 메면서 핸드폰을 꺼냈다. 전원 버튼을 눌러 켜자마자 진동이 울렸다. 그때까지만 해도 광고 문자인 줄만 알았다. 메시지를 확인한 운이는 주변을 둘러봤다. 복도 창문으로 햇살이 쏟아져 들어왔다. 서둘러 학교를 빠져나와 고개를 들었다. 푸른 가을 하늘과 구름 몇 점을 배경으로 새 두 마리가 날아가고 있었다. 운이는 미소 지었다.

"야, 독수리. 뭐 해."

"응?"

"멍때리고 있어. 집에 안 가냐?"

용관이 일당 중 한 명인 병욱이었다.

"가려고. 넌 안 가?"

"나 축구. 너도 할래? 3반이랑 하는데, 골키퍼 자리가 비거든."

"아니."

"그럼 그렇지. 간다."

병욱이는 축구화 끈을 동여매고 운동장으로 뛰어갔다. 운동장에서는 몇 명의 아이들이 공을 주고받고 있었다. 운이는 웃었다. 아이들 때문에 웃은 건 아니었다. 정문까지 뛰었다. 날아갈 듯 몸이 가벼웠다. 이대로라면 정말 날 수도 있을 것 같았다. 학교 앞 분식집에서 동수가 친구들과 컵 떡볶이를 먹고 있었다. 동수는 운이를 보더니 손을 흔들며 아는 척을 했다.

"어디 가?"

"몰라도 돼."

"짜식, 튕기긴."

운이는 동수에게 지금 자신이 받은 문자에 대해 얘기해 볼까 했지만 친구들과 떠드는 모습을 보자 마음이 바뀌었다. 운이는 학교를 벗어나자마자 블랙 윈도우에게 전화를 걸었다. 신호음이 한 번밖에 들리지 않았는데 통화가 연결됐다. 마치, 운이의 전화를 기다리고 있었다는 듯이.

"저 문자 받았어요."

"정말인가? 그분이 뭐라고 하던가."

"그게, 지금 만나서 말씀드리면 안 될까요."

"그럼 삼십 분 뒤에 카페에서 긴급 회동을 하자고. 길드원들에게는 내가 연락을 돌릴 테니 그리로 오게."

"네."

운이는 전화를 끊었다. 그리고 문자를 다시 확인했다.

– 안녕? 난 김지안.

길드원들은 에스프레소 두 잔을 앞에 두고 운이를 기다리고 있었다. 살라딘은 테이블 옆에 서서 서성였고, 버몬트는 한숨을 푹푹 쉬었다. 앙리는 괜히 소개시켜 준 것 같다며 반복해서 말했다. 블랙 윈도우는 침착해 보였지만 속은 그렇지 못한지 에스프레소 한 잔을 혼자 다 마셔 버렸다. 운이가 카페 안으로 들어가자 그들 모두 운이에게 달려왔다.

"뭐라고 왔어?"

운이는 그들이 직접 읽을 수 있도록 핸드폰을 내밀었다.

"야, 왜 아직도 답장을 안 했어!"

앙리가 언성을 높였다.

"뭐라고 보내야 할지 모르겠어서."

"으이구, 이 답답아."

"큰일 난 건가."

블랙 윈도우가 물었다.

"일단은 늦게 보내는 만큼 잘 말해야 해요."

그들은 자리로 돌아와 앉았다.

"뭐라고 보내는 게 좋을까?"

"'한번 만나자.' 어때?"

살라딘이 손을 들고 말했다.

"그럼 너무 부담스러워하지 않을까? 일단 반갑다는 식으로 보내야 할 것 같은데."

부처가 말했다.

"'반갑다. 우리 만날래?' 이건 어떨까. 부처 말대로 해도 좋지만, 지금은 돌직구를 던져야 할 것 같아. 왜냐. 문자로 질질 끌다가는 만나지도 못할 것 같거든. 일단 만나서 얘기를 나눠 봐."

앙리가 말했다. 그건 잘못된 생각이라고, 운이는 말하고 싶었다. 지금까지 단둘이 만나 대화를 나눠 본 여자라곤 고모랑 할머니밖에 없다고.

"좋은 의견인데. 어떤가, 룬."

"고민해서 뭐 해. 어서 보내 봐."

운이는 어쩔 수 없이 앙리가 말한 대로 메시지를 입력해 보냈다. 길드원들 모두 핸드폰을 바라봤다. 진동은 울리지 않았다. 에스프레소와 핸드폰을 가운데 두고 그들은 말없이 앉아 있었다.

"나 이제 학원 갈 시간이야."

십오 분 정도가 흐른 뒤 앙리가 말했다.

"나도 가야 한다."

블랙 윈도우도 손목시계를 보며 말했다.

"혼자 있을 때 메시지가 오면 어떻게 해?"

"룬, 명심해."

앙리가 말을 이었다.

"앞으로 메시지가 오면 바로 답장해. 우리와 상의할 생각 하지 말고. 알겠지?"

"왜?"

"밀당하는 거 같잖아. 타이밍이 중요해. 이제 네 몫이야."

"알았어."

앙리는 운이를 믿을 수 없다는 듯 한숨을 크게 쉬었다. 블랙윈도우가 앙리의 어깨를 잡으며 잘하겠지, 라고 말했다.

운이는 길드원들과 헤어지고 나서 집에 갈까 하다가 할머니 식당으로 발걸음을 옮겼다. 배가 고팠다. 용관이 자식이 오늘따라 점심을 빨리 먹어 치워서 허겁지겁 따라 일어나느라 밥을 다 먹지 못했다.

"운이 왔어?"

식당 안에 들어서자 정배 삼촌이 반겼다. 삼촌은 연애를 해봤을까. 운이는 문득 궁금해졌다. 주방에 있던 할머니는 운이를 보자마자 배고프냐고 물었다.

"오징어덮밥 먹고 싶어."

할머니가 말없이 냉장고에서 오징어를 꺼냈다. 운이는 카운터 쪽 테이블에 가서 앉았다. 답장은 여전히 오지 않았다. 운이는 테이블 위로 엎드렸다.

답장을 바로 보냈어야 해. 왜 그랬지. 왜 기다리는 사람을 생각하지 못한 거지. 왜? 다시 주문을 걸어 볼까. 정신을 집중하자. 이리올라지 안데스카. 이리올라지 안데스카. 이리올라지…….

"어서 먹어라."

할머니의 말에 운이는 주문을 외우다 말고 몸을 일으켰다. 오징어가 듬뿍 들어간 덮밥 위에는 계란프라이가 올라가 있었다. 숟가락으로 덮밥을 비벼 떠먹었다. 달짝지근한 게 맛있었다. 운이가 테이블 위에 올려놓은 핸드폰을 응시하면서 먹고 있을 때, 거짓말처럼 진동이 울렸다. 몸이 그대로 얼어붙는 것 같았다.

- 좋아. 어디서 볼래?

김지안이라는 여자애는 이렇게 보냈다. 앙리는 빠른 답장을 강조했었다. 운이의 머릿속이 새하얘졌다. 정배 삼촌이 물었다.

"운아. 왜 그래?"

"삼촌, 어디서 보지?"

"뭘?"

"그니까 어, 친구를 만나야 하는데 뭘 하는 게 좋을까."

"밥 먹어."

"어디서?"

"어디서? 짜장면 먹어. 맛있잖아. 말하니까 먹고 싶은걸. 너 입학식 때 갔던 데, 안 간 지 오래됐다. 주말에 갈래?"

운이는 삼촌의 말이 끝나기도 전에 중국집에서 보자고 문자를 보냈다. 앙리 말대로 바로 메시지를 보내니 답도 바로 왔다.

- 콜. 언제?

운이는 이 아이가 왜 자꾸 묻기만 하는지 이해할 수가 없었다. 자기 의견이 없는 아이인가. 알 수 없군. 이따 고모한테 물어봐야지. 고모라면 여자의 심리에 대해 잘 알 테니까. 그러나 지금 중요한 건 그게 아니었다. 시간이 지나가고 있었다. 빨리 보내야 하는데. 일단 운이는 시간이 느리게 가는 주문을 외웠다. 단단디. 단단디. 단단디. 단단디. 시계 초침이 느리게 가기 시작했다. 좋아. 언제 보면 좋을까. 생각하자. 당장 내일 보는 건 안 돼. 지금 이 상태로 만나면 실망할 거야. 사진 속 나는 내가 아니니까. 살을 조금이라도 빼고 만나자.

"삼촌."

"응."

"여름에 다이어트 했을 때 있잖아."

"헬스장 다닐 때 말이야?"

"응. 그때 몇 키로 뺐지?"

"사 점 오 키로."

"얼마 동안?"

"모르겠는데."

"그럼 일주일이면 몇 키로 뺄 수 있어?"

"이 키로는 빠지지 않을까?"

"다시는 그런 짓 할 생각하지 마라!"

주방에서 할머니가 외쳤다. 앙리는 질질 끌어선 안 된다고도 말했었다. 운이는 시간이 빨리 가게 만드는 주문인 젠젠다를 외우며 메시지를 보냈다.

- 다음 주 토요일 어때.
- 콜. 담주에 봐.

운이는 그래, 다음 주에 보자, 라고 답장을 할까 하다가 말았다. 앞에 놓인 오징어덮밥을 보자 속이 쓰렸다. 운이가 밥을 먹다 만 건 태어나서 처음이었다.

운이는 헬스장을 찾아 재등록했다. 길드원들에게 상황을 보고하는 것도 잊지 않았다. 블랙 윈도우는 현명한 선택을 했다며, 혹시 도움이 필요하면 언제든 연락하라고 말했다. 운이는 한여름에 삼촌이 그랬던 것처럼 러닝머신 위를 냅다 뛰기 시작했다. 시간이 일주일밖에 없었다. 힘들어서 젠젠다를 외치고 싶었지만, 시간이 빨리 가면 운동 효과가 없을 것 같아 외우지 않았다.

그렇게 다이어트가 시작됐다. 운이는 하루에 한 끼를 먹고, 정 허기가 지면 우유를 마셨다. 주말에는 할머니의 잔소리에 못 이겨 어쩔 수 없이 두 끼를 먹었지만, 한 공기 이상 먹지 않았다. 하지만 갑작스럽게 늘어난 운동량을 몸이 버티지 못했다. 노곤했다. 자도 자도 계속 자고 싶었다. 점심시간에 자느라 용관이 무리를 놓쳐 혼자 밥을 먹을 때도 있었다. 용관이 무리는 독수리가 다이어트 중이라는 걸 당연히 알지 못했다.

"독수리!"

무영이가 외쳤다. 운이는 엎드려 자고 있었다.

"독수리!"

운이는 그 소리가 여자애에게서 온 메시지 진동인 줄 알고 핸드폰을 들여다봤다. 하지만 광고 문자였다.

"독수리!"

"어."

풀 죽은 독수리는 천천히 걸어가 무영이의 팔을 붙잡았다.

"왜 이렇게 느리냐. 뭐 해?"

"몰라."

운이는 손을 흔들며 다시 자리로 돌아왔다. 무영이 자식은 사랑을 해 봤을까. 우리 반에 여자를 만나 본 애는 몇이나 될까. 비겁하게 훔쳐보기나 할 뿐이지. 운이는 알 수 없는 승리감에 젖어 웃었다. 학교가 끝나면 곧바로 헬스장에 갔다. 운이는 중간고사가 이 주 앞으로 다가왔다는 것도, 날이 점점 쌀쌀해지고 있다는 것도 모른 채 뛰었다.

날개 달린 심장

운이는 숨을 참고 체중계 위에 올라갔다. 말도 안 돼. 어이가 없는 걸 넘어 화가 났다. 어떻게 일 킬로그램도 빠지지 않은 거지. 누가 땀과 노력은 배신하지 않는다고 말했던가. 하지만 현실을 받아들여야만 했다. 약속 시간까지 한 시간밖에 남지 않았다. 운이는 옷장에서 정배 삼촌의 감색 점퍼를 꺼냈다. 화장실로 달려가 거울에 비춰 봤다. 펑퍼짐한 점퍼가 배를 가려 줘서 나름대로 괜찮아 보였다. 우추추. 우추추. 우추추. 운이는 마음을 진정시키는 주문을 외우며 중국집으로 향했다.

중국집 문을 열자, 점심시간이 지나서 그런지 손님이 없는 홀이 눈에 들어왔다. 한 테이블만 빼고. 운이는 주저하지 않고 그곳으로 걸어갔다. 살찐 독수리같이 뒤뚱거리지 않으려고 노력하면서.

"안녕? 네가 운이니?"

"어, 안녕. 뭐 먹을래?"

운이는 지안이 맞은편에 앉았다.

"배가 많이 고픈가 보구나."

"그건 아닌데."

정면을 볼 수가 없었다. 심장이 쿵덕쿵덕 소리를 내며 통제할 수 없을 만큼 세차게 뛰었다. 따가웠다. 운이는 의자를 붙잡았다. 심장이 이렇게 계속 뛰다간 어딘가 멀리 날아가 버릴 수도 있을 것 같았다.

"난 짜장면 먹을래."

지안이가 말했다. 운이는 손을 들어 짜장면 두 그릇을 시켰다. 종업원은 그들의 테이블에 오지도 않고 고개를 까닥였다.
"어디 살아?"
지안이가 물었다.
"나?"
"여기 너 말고 또 있어?"
"아, 미안. 장미아파트 근처에 살아."
"그렇구나."
침묵이 흘렀다.
"저, 근데, 나 사진이랑 많이 다르지?"
운이는 시선을 어디다 둬야 할지 몰라 창문을 보며 말했다.
"그런가?"
"미안해."
"아니야, 난 괜찮은데."
"진짜?"
"응."
그 말에 고개를 돌린 운이는 생글생글 웃고 있는 지안이와 눈이 마주쳐서 황급히 고개를 숙였다. 운이는 몇 시간 뒤 집에 돌아오고 나서야 지안이가 어떻게 생긴 애였는지 기억해 낼 수 있었다. 단발머리에 커다란 눈. 며칠 전 앙리가 준 사진에서 본 얼굴과 똑같았다. 종업원이 짜장면을 들고 왔을 때, 운이는 배고프지 않았지만 먹는 것 말고 뭘 해야 할지 몰라서 먹었다. 코로 넘어가는지 입으로 넘어가는지도 몰랐다. 맛이 느껴지지 않는 건 처음이었다.

"넌 뭘 좋아해?"

침묵을 깨고 지안이가 물었다.

"난, 복숭아를 좋아해."

"그렇구나."

식당에 흘러나오는 가요가 유난히 크게 들렸다. 운이는 이마에 난 땀을 팔로 재빨리 훔쳤다. 그러다 고개를 들었는데, 지안이가 운이를 물끄러미 보고 있었다.

"왜, 왜. 뭐 묻었어?"

"아니. 너, 그러다 그릇 안으로 들어가겠다."

지안이는 그 말을 하며 웃었다. 웃는 모습을 보니 기분이 이상해졌다. 이게 뭘까.

"다 먹었으면 갈까?"

그렇게 말하는 지안이의 그릇에는 짜장면이 남아 있었다.

"어디 가?"

운이가 물었다.

"어디 갈래?"

"집?"

"집에 간다고?"

"어? 어."

"그래, 그럼 나 먼저 갈게."

"어. 여긴 내가 살게."

"고마워."

지안이는 일어나지 않고 잠시 동안 운이를 바라봤다. 운이가 자기도 모르게 주문을 외웠는지, 시간이 느리게 가고 있었다.

"안녕, 다음에 봐."

"안녕."

결국 지안이가 일어났다. 운이는 지안이의 뒷모습을 계속 쳐다봤다. 식당 밖으로 사라질 때까지. 운이는 핸드폰을 꺼냈다. 길드 마스터에게 어떻게 됐냐고 묻는 메시지가 와 있었다. 다 끝났다. 어디서부터 잘못된 걸까. 역시 난 안 되는 걸까.

운이는 터벅터벅 집으로 돌아왔다. 이 시간에 늘 그렇듯 집 안에는 아무도 없었다. 허공에 대고 다녀왔습니다, 라고 말한 운이는 주방으로 들어가 냉장고를 열었다. 참치 캔이 보였다. 운이는 밥에 참치와 마요네즈를 넣고 비벼 쉬지 않고 먹어 치운 다음, 방에 들어가 누웠다. 그리고 다음 날 아침까지 일어나지 않았다.

전날 비가 온 탓에 축축한 보도는 울긋불긋한 단풍잎으로 가득했다. 운이는 양손으로 가방끈을 쥐고 단풍잎 위를 뛰듯이 걸었다. 그러다 미끄러져서 엉덩방아를 찧었다. 옆에서 등교하던 아이들이 낄낄거렸다. 제기랄. 열여덟 전에 죽진 않아도 다칠 수는 있구나. 운이는 단순한 사실을 깨달았다.

"야, 룬."

쓰라린 엉덩이를 만지고 있는 운이 곁으로 앙리, 아니, 재진이가 다가왔다.

"문자 왜 안 해?"

"뭐가?"

"내 여자 친구까지 관여해야겠냐. 지안이가 너 문자 기다리고 있다잖아. 뭐 하냐, 대체."

"뭐? 진짜?"

"어. 얼른 보내 봐."

"알았어."

중국집을 나온 뒤, 운이는 지안이에게 단 한 번의 연락도 하지 않았다. 길드원들에게 물어보지 않아도 정황상 이미 끝났다는 걸 알 수 있었다. 그런데 연락을 기다리고 있었다니! 운이는 당장 메시지를 보내려다, 학교에서는 바로바로 답장할 수 없다는 걸 떠올리고는 방과 후에 보내기로 마음먹었다. 교실에 들어선 순간부터 젠젠다를 외친 운이는 결국 수업 시간을 통째로 날려 버렸다. 종례가 끝나고 선생님이 교실에서 나가자마자 지안이에게 문자를 보냈다.

– 안녕.

지안이도 학교가 끝났는지 바로 답장이 왔다. 운이는 앞뒤 재지 않고 메시지를 입력했다.

– 그날 잘 들어갔어?

– 응.

– 미안, 그날에는.

– 뭐가?

– 아니야. 혹시 또 만날래?

– 콜. 언제쯤?

언제? 운이는 침을 삼켰다.

"야, 독수리. 뭐 하냐."

대화에 집중하느라 무영이가 다가온 것도 몰랐다.

"독수리!"

"아, 왜!"

"뭐야, 이 자식."

운이는 무영이를 노려보며 입술을 깨물었다. 그러고는 다시 메시지에 집중했다. 무영이는 독수리가 미쳤다고 말하고는 가 버렸다.

– 토요일에 보자.

– 콜. 이번엔 맥날 어때?

– 콜.

- 뭐야, 너 지금 나 따라 하는 거야?

웃으며 핸드폰을 주머니에 넣은 운이는, 이 기쁜 소식을 길드원들에게 알릴까 하다가 그만뒀다. 행여나 잘되지 않으면 저번처럼 실망감만 안겨 줄 것이다.

운이는 어김없이 아무도 없는 집 안에 대고 다녀왔습니다, 라고 말하고는 마루에 앉았다. 냉장고에 삼촌이 사 놓은 초콜릿이 있다는 걸 알고 있었지만 먹지 않았다. 마루에 누워 지안이가 보낸 문자를 다시 봤다. 메시지에서 지안이의 목소리가 들리는 것 같았다.

운이는 마루에서 뒹굴거리다가 이대로 시간을 보내는 게 아까워 집을 나섰다. 어느새 하늘은 어둑해지고 있었다. 운이는 장미아파트를 돌아 아지트로 향했다. 그네에 앉아서도 동네가 한눈에 보였다. 이 안에 지안이가 있다. 발을 힘껏 구르자 그네가 공중에 붕 떴다가 내려왔다. 운이는 혹시나 하는 마음으로 주문을 외웠다. 구구. 구구. 구구. 몸이 가벼워지기 시작했다. 그네가 다시 한번 포물선을 그렸을 때, 마침내 운이는 하늘 위로 떠올랐다. 허공에서 자유자재로 움직이며 지안이의 집을 찾았다. 열려 있는 지안이의 방 창문에 내려앉은 운이는 지안이에게도 주문을 알려 줬다. 운이와 지안이는 손을 맞잡고 주문을 외웠다. 구구. 구구. 구구. 그들은 평온한 가을바람을 맞으며 아득하게 물든 노을 아래를 날아다녔다. 그들은 날 때도 서로 잡은 손을 놓지 않았다.

하지만 운이는 약속한 토요일에 지안이를 만나러 가지 않았다. 갈 수 없었다. 약속 전날인 금요일, 정배 삼촌이 갑작스럽게 다쳤다. 점심시간에 정신없이 일하다가 뜨거운 뚝배기를 손으로 잡는 바람에 화상을 입었다고 했다. 운이는 삼촌 소식을 듣고 부리나케 병원으로 갔다. 할머니가 삼촌에게 깁스를 푼 지 얼마나 됐다고 또 다쳤냐면서 나무라고 있었다. 너도 복숭아를 먹어야 돼. 삼촌은 다치고 싶어서 다친 사람이 어디 있냐면서 입을 삐죽 내밀었다. 곧 의사 선생님이 와서 이런저런 주의 사항을 알려 주곤 2주 정도면 괜찮아질 거라고 했다. 할머니와 운이는 안도의 한숨을 내쉬었다. 그것도 잠시, 운이는 이제부터 자신이 정배 삼촌을 대신해 식당 일을 해야 한다는 사실을 깨달았다. 처음에는 아무렇지 않았다. 늘 그래 왔던 일이므로. 그래서 지안이에게도 대수롭지 않게 문자를 보냈다.

– 내일 못 볼 것 같아. 미안.

– 왜?

– 일이 생겼어.

– 일?

– 응.

– 그래, 알았어.

– 미안해.

― 아니, 미안할 필요 없어.

운이는 다음 주 토요일에 볼래, 라고 보내려다가 삼촌이 다음 주에도 일하지 못할 것 같아서 그냥 다음에 보자고 보냈다.

― 아니, 괜찮아.

괜찮다니? 뭐가 괜찮은 거지? 운이는 궁금했다. 서둘러 메시지를 입력했다.

― 무슨 말이야?

― 말 그대로야. 괜찮다는 말이야.

― 그게 무슨 말인데.

지안이는 더 이상 문자를 보내오지 않았다. 뭐, 괜찮았다. 아무렇지 않았다.

다음 날, 운이는 아침 일찍 식당에 나가 식재료들을 손질했다. 지안이와 만나기로 했던 약속 시간이 다가올수록 자꾸 생각났다. 삼촌이 다치지 않았다면 나는 이 시간 지안이와 햄버거를 먹고 있었을 텐데. 중국집에서보다 더 많은 얘기를 할 수 있었을 텐데. 왜 항상 나한테만 이런 일이 벌어지는 걸까. 세상은 나한테만 너무 가혹한 게 아닐까. 너무 화가 나서 눈물이 나왔다. 눈물은 주방 바닥으로 뚝뚝 떨어졌다. 운이는 눈물이 흐르게 내버려뒀다. 더, 더 울고 싶었다. 밖에서 청소 중이던 할머니가 놀라서 들어왔다.

"왜 그러냐, 왜 그래. 운아. 어디 다쳤어?"

운이는 자리에 주저앉아 목 놓아 울었다. 주방이 눈물로 가득 찰 것 같았다. 때로는 마음껏 울게 해 주는 주문도 필요하다는 걸 깨달았다.

그날 밤, 운이는 꿈속에서 다시 지안이와 손을 잡고 하늘을 날았다. 아침이 오기 전까지.

건강한 학창 시절을 위하여

개학 첫날. 많은 학생들은 고등학교에 들어가기까지 1년밖에 남지 않았다는 사실에 긴장한 기색이었지만, 운이에게 중요한 건 그게 아니었다. 운이는 교실 문을 열면서 어떤 인간들이 있는지 보지 않는 척하면서 유심히 살폈다. 먼저 용관이가 보였다. 이 자식은 3년 내내 같은 반이군. 용관이는 운이에게 아는 척도 하지 않고 그를 추종하는 일당들과 교실 뒤쪽에 모여 왁자지껄 떠들고 있었다. 일당 중에 재진이만 보이지 않았다. 용관이에게 기생하는 인간 중에 그나마 친한 게 재진이었다.

운이는 맨 뒷자리에 앉으려다가 바로 앞자리에 앉았다. 교복 바지를 줄여 입고 머리를 삐죽하게 올린 놈들도 보이지 않았다. 하긴 그놈들은 자기가 주인공인 것처럼 마지막에 등장하곤 하지. 그러다 운이는 동수가 교실 안으로 들어오는 모습을 보며 어떻게 행동해야 할지 고민했다. 손을 흔들까. 아니야. 애들이 쳐다볼 거야. 그런 고민을 하고 있는 사이 동수는 운이 옆에 자연스럽게 앉았다.

"반갑다. 3년 만에 처음 같은 반인가?"

동수가 말했다.

"아마도."

운이는 동수의 가시처럼 자란 콧수염을 보며 웃었다. 그때만 해도 동수와 함께라면 중학교 생활의 마지막 1년을 안정적으로 보낼 수 있으리라고 생각했다. 하지만 세상은 운이가 생각하는 대로 움직여 주지 않았다.

일단 동수와의 같은 반 생활은 운이가 생각했던 것보다 순탄치 않았다. 점심을 누구와 먹느냐부터 고민이었다. 용관이 일당과 동수 중에 하나를 선택해야 했다. 처음에는 동수와 단둘이 밥을 먹으러 다녔지만, 지금까지 이어져 온 기생충 생활을 단칼에 그만둘 수도 없는 노릇이었다. 용관이 일당이 자꾸 눈치를 주는 것 같아 결국에는 다 같이 밥을 먹으러 가게 됐다. 동수는 썩 좋아하는 기색이 아니었으나, 네가 그렇게 하고 싶으면 그렇게 하자고 했다. 운이는 그 결정을 얼마 지나지 않아 후회했다.

동수는 용관이 일당과 쉽게 친해졌다. 운이는 동수가 용관이와 축구하는 모습을 목격하기도 했다. 용관이가 패스해서 동수가 골을 넣은 뒤 서로 얼싸안는 모습을 보자 몸이 바들바들 떨렸다. 둘 사이가 가까워지지 않았으면 좋겠다고 생각하는 건 너무 유치했다. 젠젠다. 끝내는 또다시 젠젠다를 외워야만 했다. 운이는 매 학년 그랬던 것처럼, 용관이 일당을 따라다니는 미물이 됐다고 느낄 때면 어김없이 주문을 외웠다. 주문을 외우지 못할 정도로 벅찬 상황이 찾아오면 블랙 윈도우 길드를 떠올렸다.

 블랙 윈도우 길드는 겨울 방학에도 주기적인 모임을 가졌다. 운이는 동수가 블랙 윈도우에 대해 관심 가져 주기를 바랐지만, 전혀 관심이 없었다. 여름 방학 때 다녀온 필리핀 얘기만 겨울 방학이 끝날 때까지 주구장창 해 댔다. 세상을 보는 시야가 넓어졌다나 어쨌다나. 운이는 그 말을 듣고 쌍꺼풀 수술이라도 했냐고 물었다. 동수는 정색하며 그런 농담은 어디서 배워 오는 거냐고 되물었다.

 "블랙 윈도우."
 "또 그 모임이야?"
 "모임이 아니라 길드야. 밝은 미래를 만드는 길드."
 "그래서 네 성적이 그 모양이냐."
 "내 성적을 네가 어떻게 알아."
 "다 알아, 인마."
 "그래도 올랐어, 인마."
 "그래, 축하한다."
 운이는 동수가 마음에 들지 않았지만, 그렇다고 전처럼 쉽게 화를 낼 수 없었다. 동수는 필리핀에서 뭘 먹었는지 키가 비정상적으로 커 버렸다. 더군다나 그게 2학년 2학기 동안에만 일어난 일이라 믿기지 않았다. 어릴 때만 해도 내려다봤던 녀석이 같은 눈높이에 오더니, 이제는 올려다봐야 했다. 동수는 키가 커지는 주문 덕분이라고 말했지만, 그건 거짓말이었다. 운이도 키가 커지는 주문인 고로고로를 밤새 외웠으니까. 다행인지 불행인지 운이는 키도 크지 않고, 살이 찌지도 않고 빠지지도 않은 통통한 체형을 유지했다. 적당히. 대체로 적당했다. 성적도 중하위권이었고, 외모도 남들의 놀림감이 될 정도는 아니었다. 그것이 기생충이 되기 위한 기본 조건이라는 걸 운이는 잘 알고 있었다.

그래도 블랙 윈도우 길드 안에 있을 때는 조금은 특별한 사람이 된 것 같았다. 블랙 윈도우는 자기가 십팔 세가 됐다며, 십팔이라는 욕을 사용할 권리를 가지게 됐다고 좋아했다.

"그래서 나는 공부가 안될 때마다 십팔을 외친다."

블랙 윈도우는 식은 에스프레소를 바라보며 속삭였다.

"십팔."

앙리는 여자 친구와 독서실에 다닌다는 이유로 모임에 잘 나오지 않았다. 살라딘과 버몬트는 학원 하나 덜 다니는 조건으로 헤어스타일을 바꿨다. 흔히 까까머리라고 부르는 스포츠머리였다. 운이는 그들을 보며 머리에도 살이 찔 수 있다는 걸 깨달았다. 그들은 영원한 형제였다. 부처의 부모님은 여전히 아들의 반항을 알아차리지 못하고 있었다.

"우리 아빠와 엄마는 생각 이상으로 너무 바빠서 그런 거야. 집에 오자마자 바로 주무시거든."

부처는 그렇게 합리화했다. 길드원들 사이에는 학교 친구들과는 다른 끈끈한 뭔가가 있었다. 그러나 길드원들과는 학기 중에는 한 달에 한 번만 모임을 가질 뿐, 그 외에는 일절 연락이 없었다. 동수는 얄밉게도 날이 갈수록 용관이 일당에 물들어 갔다. 반 등수도 용관이와 일이 등을 기분 좋게 다퉜다. 동수는 어느덧 함께 밥을 먹고 매점에 들렀다가 뒤뜰에서 여학교를 쳐다보는 일에 앞장서고 있었다. 용관이 일당인지 동수 일당인지 헷갈릴 지경이었다. 실제로 운이는 용관이의 땀 냄새가 동수에게서도 나는 것을 느끼고 기겁하기도 했다.

그러던 어느 날, 그 사건이 일어나고야 말았다. 1학기 기말고사를 앞둔 날이었다. 운이는 아침부터 할머니와 한바탕하고 온 뒤라 기분이 좋지 않았다. 할머니는 아침밥을 먹으면서, 학교 끝나고 돌아오는 길에 양파 한 망을 사서 가게에 들르라고 말했다. 운이는 싫다고 했다. 묵묵히 밥을 먹고 있던 정배 삼촌이 놀라 운이를 쳐다봤다.

"왜?"

"공부해야 돼."

"웬 공부?"

"나 일주일 뒤에 기말고사 봐."

"그런데."

"도서관 가서 공부할 거야."

"갖다주고 하러 가. 거기 마트가 싸서 그래."

"아, 몰라."

운이는 밥을 먹다 말고 일어났다.

"운아, 어디 가니?"

정배 삼촌이 물었다.

"학교."

"복숭아는?"

할머니가 말했다.

"싫어."

운이는 가방을 메고 집을 나섰다. 대문을 열 때 할머니가 달려와 통조림 복숭아 한 조각을 운이에게 내밀었다. 운이는 울상을 지으며 어쩔 수 없이 복숭아를 입에 물었다.

"양파는 우리가 살게. 잘 다녀와라. 차 조심하고."

"됐어, 내가 살게."

학교 가는 길에 운이는 자기를 이해 못 해 주는 할머니 때문에 눈물이 나올 것 같았다. 다른 애들은 엄마가 학교 앞까지 차로 데리러 온다고 하던데. 이러니까 성적이 오르지 않는 거라고. 운이는 길가에 있는 돌멩이를 차며 터벅터벅 걸었다.

교실에 들어가자마자 표정을 숨겼다. 짝꿍인 준호와 이번에 데뷔한 아이돌에 대한 이야기를 나누고, 쉬는 시간에는 애들이 판치기를 하는 걸 멀뚱히 서서 지켜봤다. 그날따라 유난히 선생님들은 운이를 자주 호명했고, 운이는 질문에 거의 대답하지 못했다. 얼굴이 붉어진 채로 고개를 숙이는 게 운이가 할 수 있는 최선의 행동이었다. 그렇게 점심시간이 왔을 때는 아프다고 말한 뒤 조퇴라도 해 버리고 싶었다. 조퇴를 했다면 상황이 조금이라도 바뀌었을까.

점심시간이 되자 운이는 용관이 일당에 섞여서 밥을 먹으러 갔다. 줄을 서서 기다리는 동안 용관이는 수능에서 좋은 점수를 받으려면 지금부터 수능 공부를 해야 한다는 말을 꺼냈다.

"그래서 난 저번 주부터 수능 대비반에 들어갔어."

"어디 다니는데?"

준호가 물었다.

"앤드류 학원."

"오, 거기 유명하더라. 잘 가르쳐 주기로."

"맞아. 쌤들 다 괜찮은 거 같아. 너희도 다녀라. 동수 너도 웬만하면 여기로 옮겨."

"응? 왜?"

동수는 다른 생각을 하고 있었는지 놀라서 물었다.

"거긴 아직도 중학교 과정 가르쳐 줄 거 아니야. 지금 고등학교 공부를 해야지."

"그런가."

동수가 머리를 긁적였다.

"얘 봐라. 중학교 때 성적 좋다가 고등학교 입학해서 떨어진 애들이 한둘이 아니야."

"그래. 생각해 볼게."

그들이 서 있는 줄은 조금씩 줄어들었다. 평소처럼 용관이 일당 맨 뒤에서 대화를 엿듣고 있던 운이는 괜한 반발심이 생겼다. 이 반발심은 양파를 사 오라던 할머니와 자신의 이름과 번호를 자꾸만 부르던 선생님들 때문이었을 수도 있지만, 본질적으로는 학교생활이 더 나아지지 못한 데 대한 분노가 표출된 것이라고, 모든 일이 지나가고 난 뒤에 운이는 결론지었다. 어쨌든 운이도 언제까지고 눌려 있을 수는 없었다. 다만, 그 시기가 조금 급작스러웠을 뿐이다.

"꼭 그렇게 공부해야 하나."

운이는 말을 내뱉는 순간 후회했다.

"뭐?"

최대한 작게 말한 것 같은데, 어떻게 들었는지 용관이가 대꾸했다.

"너 뭐라 그랬냐."

"아니야."

"하긴, 뭘 알겠어."

용관이는 웃으며 등을 돌려 버렸다. 운이는 동수를 쳐다봤다. 동수도 몸을 돌려 앞으로 가 버렸다. 분위기가 이상해졌는지 준호가 급하게 어제 새로 시작한 게임 얘기를 꺼냈다. 운이는 밥 먹는 내내 아무 말도 하지 않았다. 고개를 숙이고, 용관이의 속도에 맞춰 밥을 먹었다. 늘 그래 왔듯이. 치킨너깃은 두 개밖에 주지 않았다. 살라딘과 버몬트라면 어떻게 했을까. 배식해 주시는 아주머니를 찾아갈 수도 있겠지. 청소년 칼로리 권장량을 운운하면서. 치킨너깃은 한입에 먹을 수 있는 음식이었지만, 오늘도 천천히 식사하시는 용관이에게 맞추기 위해 조금씩 깨물어 먹었다. 운이는 반쯤 먹은 치킨너깃을 보며 자신도 이 너깃처럼 망가졌다고 생각했다. 어디서부터 망가지기 시작했고, 또 앞으로 얼마나 망가질지 겁났다. 더 망가지지 않기 위해서는 조퇴하는 방법이 있었다. 그러나 운이는 지금껏 결석은 물론이고 조퇴 한번 해 보지 않은 학생이었다.

이런저런 생각을 하느라 용관이가 자리에서 일어나는 것을 놓치고 말았다. 주위에는 다른 반 학생들이 앉아 밥을 먹고 있었다. 운이 혼자 남았다. 퇴식구에도 용관이 일당은 보이지 않았다. 운이는 서둘러 식판을 정리했다. 물도 마시지 않고 무리지어 가는 아이들을 따라가 봤지만, 운이가 모르는 얼굴들이었다. 매점으로 뛰었다. 매점 안과 밖을 둘러봤다. 용관이 일당은 없었다. 뒤뜰에도 친구들이 없는 걸 확인한 운이는 십육을 외쳤다. 블랙 윈도우가 십팔을 외칠 수 있다면, 운이는 십육을 외칠 자격이 있었다.

 교실에서 아이들은 시끄럽게 판치기를 하고 있었다. 곧 종이 쳤다. 자리에 앉을 때 만일 운이가 용관이의 비웃는 표정을 보지 못했다면 그 사건은 일어나지 않았을지도 모른다. 그래, 저 자식은 언제나 날 자기 아래로 봤지. 수업 시간 내내 운이는 주먹을 쥐었다가 폈다. 쉬는 시간에는 책상에 엎드려 자는 척했다. 준호도 운이에게 말을 걸어 주지 않았다. 동수만 잠깐 와서 왜 이렇게 많이 자냐고 물었다. 운이는 대꾸도 하지 않고 자는 척했다.
 그날 운이가 용관이 책상 앞에 선 건 우연이 아니었다. 청소 시간이 됐을 때, 운이는 바닥 쓸기 담당이라 책상들을 교실 뒤로 밀어야 했다. 보통은 창가에 있는 책상부터 밀지만 운이는 한가운데 있는 용관이 책상 앞에 먼저 섰다. 펜과 낙서 하나 없는 도덕책이 정갈하게 놓여 있었다. 땀 냄새도 나는 것 같았다. 운이는 용관이 책상을 용관이 보듯이 내려다봤다. 그러고는 친구들 눈치를 보며 책상을 발로 한번 툭 건드렸다. 건방진 자식. 책상까지 건방지네. 봐줬다.

운이는 용관이 책상을 잡고 밀었다. 그때 운이가 의도하지 않은 일이 일어났다. 책상을 밀다가 발이 뭐에 걸렸는지 넘어지고 만 것이다. 넘어지지 않으려고 책상을 붙잡았지만, 책상까지 엎어져 버렸다. 책상 서랍에 있던 용관이의 책들이 교실 바닥 위로 널브러졌다.

"괜찮아?"

운이 옆에 있던 아이가 물었다. 운이는 쓰라린 다리를 매만지며 괜찮다고 말했다. 얼굴이 화끈거렸다. 그것도 잠시, 아이들의 시선은 다른 곳으로 쏠렸다.

"이거 뭐야?"

"용관이 거 아니야?"

"야, 용관이도 이런 거 보나 봐."

청소하던 아이들이 갑자기 몰려들었다.

용관이가 계단 청소를 하고 돌아왔을 때, 아이들이 보던 그의 만화책은 이미 찢겨 있었다.

"너 혼자 보냐?"

준호가 용관이에게 만화책을 건넸다.

"뭐야. 내 책상 뒤졌냐?"

용관이는 한 걸음 물러나며 말했다.

"아니, 난 아니야."

"그럼 누군데."

"운이가 네 책상 밀다가 넘어져서 같이 떨어졌다더라."

준호는 말을 참 얄밉게 잘했다. 만화책을 낚아챈 용관이는 빗자루로 교실을 쓸고 있는 운이에게 다가왔다.

"야."

"어?"

운이는 허리를 숙이고 빗자루질하던 중이어서 용관이를 올려다볼 수밖에 없었다.

"너 미쳤냐?"

"아니."

"미쳤구나. 병신이."

"그게 내가 꺼내려고 꺼낸 게 아니라."

용관이가 눈을 부릅떴다.

"아니라?"

운이는 마른침을 삼켰다. 주문을 외워야겠다는 생각은 하지 못했다. 할 말을 잃어버렸다.

"말 안 해? 오늘따라 존나 짜증 나게 구네."

"아니, 나는 책상 밀다가 넘어졌어. 진짜야. 애들도⋯⋯."

운이는 거기까지만 말하고 더는 이을 수 없었는데, 용관이가 운이의 얼굴을 향해 주먹을 날렸기 때문이다. 운이는 그대로 넘어졌다. 할머니에게도, 정배 삼촌에게도, 정숙이 고모에게도, 심지어 1년에 두 번 얼굴을 비추는 괴팍한 아빠에게도 이렇게 맞아 본 적이 없었다. 용관이는 성이 풀리지 않는지 쉬지 않고 욕을 하면서 운이를 발로 찼다. 맞으면서 운이는 내가 뭘 그렇게 잘못했나, 라는 생각도 들었고, 반항하지 못하는 자신에 대해 실망도 했으며, 맞을수록 땀 냄새가 점점 심해지고 있다는 것도 알게 됐다. 운이는 쥐며느리처럼 몸을 웅크렸다. 입술을 깨물고 눈물을 질질 흘렸다. 세계가 흔들리고 있었다. 용관이의 발길질에 교실이 흔들리고, 학교가 흔들리고, 대한민국이 흔들리고, 아시아가 흔들리고, 지구가 흔들렸다.

그때 억, 하는 소리가 들리더니 발길질이 멈췄다. 운이는 재빨리 고개를 들고 눈을 떴다. 용관이가 쓰러져 있었다. 찢긴 야한 만화책과 함께. 동수는 찢어진 종이들을 발로 밟았다. 그리고 운이에게 손을 내밀었다.

"너무하잖아."

운이는 동수의 손을 잡고 일어섰다. 온몸이 욱신거렸다. 용관이는 씩씩거리면서 상상도 할 수 없는 욕들을 내뱉었다. 아마 용관이는 주문 대신 그런 욕들을 속으로 외우고 있었을 것이다. 그러니까 동수에게 일등과 반장 자리를 빼앗겼을 때나, 선생님이 물어보는 문제를 풀지 못했을 때나, 야한 만화책을 들켰을 때. 용관이는 동수 앞에서는 섣불리 나설 수 없었는지 그 자리에 가만히 서 있었다. 선생님이 들어오고 상황은 종료됐다. 동수가 얼마나 세게 걷어찼는지, 용관이는 종례 시간 내내 옆구리를 붙잡고 있었다.

 종례가 끝나자 동수는 용관이에게 다가갔다. 가방을 메던 아이들도 그들을 주목했다. 운이도 일부러 늦게 짐을 쌌다.

 "미안하다."

 동수가 말했다. 용관이는 끙끙거리는 소리를 내더니 답했다.

 "괜찮아. 근데 너 이운이랑 그렇게 친했냐."

 "그런 것도 있는데 오해라잖아."

 "알았어."

 "어쨌든 때린 건 미안하다."

 동수는 용관이 앞으로 얼굴을 들이밀며 웃었다.

 "어."

 동수가 손을 내밀자, 둘은 악수했다. 박수라도 쳐야 할 분위기였다.

 "자, 그럼 이제 너도 사과해."

 "뭘?"

 용관이가 정말 모르겠다는 듯이 물었다.

 "운이."

 "내가 왜?"

 "네가 때렸잖아."

 "너 웃긴다."

용관이는 궁시렁거리며 가방을 멨다. 운이는 용관이가 또다시 속으로 험한 욕을 하고 있다는 걸 알았다. 용관이는 재빠르게 교실 뒷문으로 걸어가다가, 운이 옆을 지나칠 때 다 죽어 가는 목소리로 말했다.

"미안."

용관이가 나가자 아이들도 하나둘 가방을 메고 교실을 떠났다.

"너는 왜 맞고만 있었냐."

집으로 돌아가는 길에 동수가 물었다.

"주문을 외울 시간이 부족했어."

운이는 돌멩이를 차며 걸었다.

"눈을 크게 뜨고 튀튀시를 외웠어야 했어. 그럼 하나도 안 아팠을 텐데. 넌 왜 용관이를 쳤냐. 내가 그렇게 딱해 보였어?"

"너무했잖아. 그럼 안 되는 거지."

"정의의 사도 납셨네."

운이가 찬 돌멩이가 하수구로 빠졌다.

"집에 가는 거지?"

"응."

"같이 갈까."

"왜, 또 사랑에 빠졌어? 요즘 고모도 집에 잘 없어."

"아니, 그냥 같이 가고 싶어서 그래."

"그래라."

둘은 조금 떨어져서 말없이 걸었다. 백구 계단 앞에 섰을 때, 동수가 말했다.

"운아."

"응."

"학교에서 어깨 좀 펴고 살아. 네가 뭐 죄지었어?"

"그게 말처럼 쉬우면 3년간 이러고 있겠냐."

"너는 필리핀에 다녀와야 해. 그 검은 창문 길드는 제발 그만 나가고."

"이래라저래라 하지 마."

"그래, 네 마음대로 해라."

동수가 뒤돌아 걷자 운이는 어디 가냐고 물었다.

"학원."

"같이 가."

"왜?"

"나 양파 사러 가야 해. 깜빡했어. 할머니가 사 오랬거든."

"나랑 같이 가고 싶어서 그런 건 아니고?"

"미쳤냐?"

운이가 동수의 어깨를 살짝 쳤다.

"아, 아파."

이번에는 동수가 운이의 어깨를 건드렸다.
"어쭈."
다시 운이가 동수를 때리고 멀리 달아나자, 동수도 쫓아 달려갔다.

할머니는 운이의 허벅지에 파스를 붙여 줬다. 운이가 움찔거리자, 그러게 누가 싸우랬냐고 목소리를 높였다.
"어떻게 싸웠길래 그래. 내가 늘 조심하라고 말했지."
할머니의 말에 운이는 한숨을 쉬었다.
"왜 조심해야 하는데. 내가 죽을까 봐 걱정돼?"
"무슨 소리야."
할머니가 파스 봉투를 쓰레기통에 버리며 물었다.
"삼촌이 다 얘기해 줬어."
할머니는 삼촌을 노려봤다. 정배 삼촌은 자기는 아무것도 모른다는 듯 복숭아를 먹는 데 집중했다.
"점쟁이가 그랬다며. 나 열여덟 살까지밖에 못 산다고."
"다 미신이야."
"그런데 왜 복숭아를 먹고, 어딜 가나 조심하라고 해."
"됐다, 됐어. 어서 들어가 자라."
"잠깐만."
정배 삼촌이 갑자기 힘차게 손을 들었다.

"왜."

할머니가 물었다.

"매미가 우는 것 같아요."

그러면서 정배 삼촌은 마당을 침범한 나무 쪽으로 걸어갔다.

"몇 년 전에도 이 위치였는데. 여기 매미 집이 있나."

어둠 속에서 정배 삼촌이 말했다.

"아무 소리도 안 들리는데, 삼촌."

"아니야, 방금 들렸어. 진짜야."

오늘은 마지막까지 엉망진창이군. 운이는 고개를 저으며 방 안으로 들어갔다. 등 뒤로 어쨌거나 넌 늘 조심해야 한다고 말하는 할머니의 목소리가 들렸다.

운이는 이 이야기를 블랙 윈도우 길드 모임 때 하나도 빼놓지 않고 자세히 말했다.

"살다 보면 그런 십팔을 수백 번씩 외쳐야 하는 날도 있는 법이다."

블랙 윈도우가 홀짝거리며 에스프레소를 마셨다.

"오늘따라 더 쓰군."

"그런 날에는 맛있는 걸 먹어야 해. 알고 있지?"

"응."

"그럼 저녁에 치킨을 먹었겠지?"

살라딘이 묻자 운이는 아니, 라고 말했다.

"피자를 먹었나?"

이번에는 버몬트가 물었다.

"아니."

"소고기?"

"아니."

"그럼 뭘 먹었지?"

"복숭아."

"충격적이군."

살라딘이 말했다. 부처는 복숭아를 깎아 주는 할머니가 있다는 점을 부러워했다. 부처의 머리카락은 어느새 눈썹을 가릴 정도로 자라 있었다. 부처에서 예수가 되는 중이었다.

"그 일이 있고 나서 제 학교생활이 어떻게 변했는지 궁금하지 않아요?"

운이가 물었다.

"궁금하군. 어서 말해 보게."

"달라진 건 없어요. 다음 날에 우리는 언제 싸웠냐는 듯이 무리 지어 밥을 먹으러 갔어요. 기다리면서 어떤 대학에 들어가고 싶은지에 대해 얘기했고, 제가 어쩌다가 한마디 던지면 용관이는 제 말을 묵살했죠. 밥을 먹고는 매점 갔다가 뒤뜰에 갔어요. 저는 어김없이 시간이 빨리 가는 주문인 젠젠다를 외워야만 했죠. 아마도 졸업할 때까지 이 생활은 계속될 것 같아요. 건강한 학창 시절을 위하여."

"저기. 나도 그 주문들 좀 알려 주면 안 돼? 써먹을 데가 많을 것 같거든."

부처가 말했다.

"좋아."

"그럼 나도."

살라딘과 버몬트가 동시에 말했다.

"그래."

"나도 빠질 순 없지. 이왕 이렇게 된 거 다음 모임 때 룬이 주문을 적어서 가져왔으면 좋겠어."

길드 마스터 블랙 윈도우가 팔짱을 끼며 말했다.

"좋아요."

운이는 미소 지었다.

"이제 여름 방학이다. 앞으로 우리는 저번 방학처럼 자주 만나게 될 거야. 다음 모임은 다다음 주 토요일 십육 시, 헬스장에서 보도록 하자. 밝은 미래를 위해 앞으로도 힘내자."

길드원들은 모두 박수를 쳤다. 오늘도 길드 모임에 앙리가 나오지 않았다는 걸 아무도 신경 쓰지 않았다.

운이는 방에 들어가다가 매미 우는 소리를 듣고 번쩍 놀라서 멈춰 섰다. 삼촌 말이 맞았나. 가만히 서서 매미 소리가 나는 쪽으로 고개를 돌렸지만, 다시 들리지는 않았다. 하늘에는 달만 떠 있었다. 별은 하나도 보이지 않았다. 언제 철거했는지 장미아파트의 모습도 보이지 않았다.

"운아."

뒤돌아보니 고모가 있었다.

"응?"

"잠깐 얘기 좀 할까."

고모의 양손에 컵이 들려 있었다.

"응."

운이는 고모와 마루에 걸터앉았다.

"마셔. 보리차야."

보리차에 얼음이 둥둥 떠 있었다. 운이는 보리차를 블랙 윈도우가 에스프레소를 마시듯 홀짝거리면서 마셨다.

"나 이제 그만 포기해야 할까 봐."

"뭘?"

"시험. 그냥 취업이나 하려구. 며칠 전에 동창들 만났는데, 어떻게 하나같이 다 잘 풀린 거 있지. 벌써 아기 낳은 애들도 있고, 대기업에 취업한 애들도 있어. 심지어는 사업하고 있는 애들도 있다니까. 학교 다닐 때는 진짜 내 뒤에 있던 것들이 이렇게 잘나가니까 괜히 속이 쓰리고 그래. 난 대학교만 졸업

했지, 가진 건 아무것도 없잖아."

"왜 가진 게 없어. 남자 친구 있잖아."

"그건 좀 빼놓고 얘기하자. 그래서 결론 내렸어. 꿈은 꿈일 뿐이고, 애초부터 잡을 수 없었던 거라고. 적당한 곳에 취직해서 돈을 버는 게 좋을 것 같아."

"고모 꿈은 뭐였는데."

"노무사."

"노무사? 그게 뭐야? 검사도 아니고?"

"노동자와 회사 사이의 갈등을 해결해 주는 사람들이야. 노무사가 되려면 자격증이 필요한데, 그걸 따려고 시험을 계속 쳤어."

"왜 그걸 하고 싶은데."

"너 할아버지가 시위하신 건 알고 있어?"

"몰라."

고모가 보리차를 들이켰다.

"할아버지는 부당하게 해고를 당했거든. 그것 때문에 할머니가 얼마나 속을 끓였는지 몰라. 그냥 자기랑 같이 음식점 하면서 지내자니까, 싫대. 할아버지는 이 직장에 20년이나 있었다고. 당신에게 있어 그곳만큼 소중한 곳은 없다고. 결국 시위를 하다가 안 좋게 돌아가셨어. 나도 너무 어릴 때라 잘은 몰라. 그래도 우리 아빠 같은 사람들이 아직도 많을 것 같다고 생각하니까 막 화가 나는 거야. 부당하게 해고당한 사람들 말이야. 그런 사람들을 위해 일하고 싶어서 노무사 시험을 준비하게 됐어."

"그렇구나."

"사실 뻥이야."

고모가 웃었다.

"응? 뭐가 뻥이야."

"아빠가 시위 때문에 돌아가신 건 맞지만, 그래서 노무사 준비한 건 아니야. 그냥 돈 많이 벌 수 있다니까 하고 싶었어. 그 자격증 하나 따 놓으면 평생 돈 걱정 안 하고 살아도 된다고 들었거든. 하지만 뭐, 이제 이렇게 됐으니까 깨끗이 포기하려고. 엄마한테도 곧 말할 거야."

"그래, 고모. 다 잘될 거야."

"응. 운이는 할 말 없어?"

"딱히."

"이번 학기는 어땠는데."

"그냥 그랬어."

"그렇군."

"고모."

"어."

"나 먼저 자도 되지?"

"좋아."

운이는 마루에 앉아 있는 고모를 남겨 두고 방으로 들어갔다. 삼촌은 대자로 누워 자고 있었다. 삼촌 옆에 모로 누웠다. 용관이에게 맞은 곳이 아직도 따끔거렸다. 운이는 얼굴도 모르는 할아버지를 생각했다. 할아버지도 시위하다가 나처럼 맞았을까. 그러다 할아버지 옆에 있는 할머니를 상상했는데, 잘 그려지지 않았다. 그런 생각들을 하면서 잠이 들려고 할 때, 매미 소리가 들렸다. 분명히 매미가 온 힘을 다해 우는 소리였다. 나갈까. 말까. 나갈까. 말까. 나갈까. 말까. 운이는 진지하게 고민했다. 나가기로 마음먹었지만, 밀려오는 졸음을 견딜 수 없었다. 운이도 정배 삼촌처럼 곧 코를 골기 시작했다. 3학년 1학기가 지나가고 있었다.

운명의 반창고

나는 곧 죽을 거야. 열일곱 살이 됐을 때, 운이는 문득 그런 생각을 했다. 블랙 윈도우처럼 십팔을 외우지도 못하고 죽을 수도 있어. 죽으면 어디로 가는 걸까. 깨끗이 사라질까. 결국 아무것도 남지 않겠지.

열차는 조금씩 흔들리며 앞으로 나아갔다. 옆자리에 앉은 동수는 고개를 처박고 얼마 전부터 사귀기 시작했다던 여자 친구와 핸드폰으로 메시지를 주고받고 있었다. 용관이가 주최

한 중학교 졸업 파티에서 만났다고 하는데, 이번에야말로 진정한 사랑을 찾은 것 같다며 입가에 미소가 떠나지 않았다. 운이는 그런 동수를 흐뭇하게 바라봤다. 생사를 눈앞에 둔 사람은 모든 일에 초연해진다고 하더니, 맞는 말 같았다.

그동안 잊고 있던 죽음의 그림자가 수면 위로 다시 떠오른 건, 얼마 전 헬스장 가는 길에 생긴 일 때문이었다. 여느 때와 다름없이 블랙 윈도우 길드 모임에 가는 길이었다. 운이는 헬스장 건물이 보이자 걸음을 조금 빨리했다. 건물에 다다랐을 때, 위에서 뭔가가 떨어졌다. 화분이었다. 화분은 와장창하는 소리와 함께 운이의 눈앞에서 산산조각이 났다. 운이는 얼떨떨했다. 다행히 다친 곳은 없었다. 빌라에서 한 아주머니가 뛰어 내려와 미안하다고, 청소하던 중에 실수했다고 했다. 무척 당황한 기색이었다.

그 순간, 운이는 이 일이 단순한 우연이 아니라는 걸 직감했다. 그래서 할머니에게도, 정배 삼촌에게도, 고모에게도 말하지 않았다. 알게 되면 집안이 한바탕 뒤집힐 것이며, 이번 서울 여행 역시 쉽게 보내 주지 않았을 것이다.

운이는 곰곰이 생각해 봤다. 이 일을 시작으로 자신은 어떻게든 죽게 될 것이다. 점쟁이의 말대로 열여덟 살이 되면. 그때까지는 1년 정도가 남았다.

그렇다면 죽음이 찾아오기 전에 미리 죽어 버리는 건 어떨까. 운이는 책에서 높은 곳에서 떨어지는 것이 가장 편안한 죽음이라는 말을 읽었던 걸 기억해 냈다. 작가는 죽어 본 적이 있어서 그런 말을 하는 건지 의문이 들었지만, 수면제를 먹거나 손목을 끊는 것보다 시시하지 않은 죽음 같았다. 그래서 운이는 63빌딩에 가기로 했다. 그곳은 운이가 생각하는 가장 높은 곳이었다. 운이는 결정하자마자 새해 아침 떡국을 먹으며 할머니에게 서울에 가고 싶다고 말했다.

"아빠 보고 싶어서."

"네 아빠는 왜?"

할머니는 의아해서 물었다.

"보고 싶으니까."

"저번 추석에 봤잖아? 곧 설이야."

"그래도 보고 싶어."

"그래서 너 혼자 그 먼 길을 가겠다고?"

"아니. 동수랑 같이 갈 거야. 가도 되지, 할머니?"

"정말 가고 싶어?"

"응."

할머니는 아빠에게 미리 연락해 놓을 테니, 그렇게 하라고 했다. 서울 여행을 가기 전까지 운이에게는 죽음의 위협이 생각보다 자주 찾아왔다. 어떤 날은 아침에 일어나는데 갑자기 숨이 턱턱 막혔다. 할머니가 밥 먹으라고 부르는 소리는 들렸지만, 밧줄로 꽁꽁 묶인 것처럼 몸을 움직일 수 없었다. 상한 음식을 먹은 것도 아닌데 설사가 나와서 곤욕을 치르기도 했다. 운이는 이런 일들이 닥칠 때마다 눈을 감고 심호흡했다. 그리고 주문을 외웠다. 우추추. 우추추.

서울에 가기 전날 밤, 할머니는 운이에게 흰 봉투를 건넸다.
"10만 원이야. 아껴 써라."
"너무 많은데?"
"무슨 일이 생길지 몰라. 차 조심하고."

할머니의 말에 운이는 고개를 끄덕였다. 운이는 어쩌면 이 집도, 할머니를 보는 것도 마지막일지 모른다고 생각했다. 서울에 죽으러 가는 거니까. 그렇게 생각하자 실감 났다. 운이는 할머니를 꼭 한번 안아 줬다.

"얘가 왜 이런다냐."

삼촌의 바지 주머니에는 그동안 모아 온 중국집 쿠폰 서른 장을 넣어 뒀다. 서른 장이면 탕수육을 먹을 수 있는데, 탕수육은 삼촌이 좋아하는 음식 중 하나다.

캄캄한 밤이 돼서야 고모가 집에 들어왔다. 고모는 이번이 정말 마지막 시험이라며, 독서실 생활을 계속하고 있었다.

"왜 기다리고 있었어."

운이는 고모에게 서울에 죽으러 간다고 말할까 했지만, 굳이 하지 않았다. 여름에 그랬던 것처럼 마루에 앉아서 이야기를 나눌 수도 없었다. 운이는 다만 고모를 바라보며, 고모가 잘 되기를 진심으로 바란다고 말했다.

"너나 잘해."

"난 잘하고 있고, 앞으로도 잘할 거야. 걱정하지 마."

"어쭈. 오늘 뭐 잘못 먹었어?"

"아니, 그냥 고모 좋아서 그래."

"별말씀을 다 하시네요."

고모는 웃으며 방으로 들어갔다.

운이는 방 안에 들어와 누웠다. 조금 울적했다. 하품을 하자 눈물이 흘러내렸다. 내일 떠난다는 게 믿기지 않았다. 운이는 서울에 한 번도 가 본 적이 없었다. 몸을 이불로 돌돌 말았다. 옆에서 삼촌이 뒤척이더니 운이에게 다리 하나를 올려놓았다. 운이는 낑낑대며 삼촌의 다리를 치우고는 문을 열고 밖으로 나갔다. 마루에 누군가 앉아 있었다. 익숙한 뒷모습이었다.

"할머니, 뭐 해."

할머니는 휙 돌아보더니, 안 자냐고 물었다.

"깼어."

화장실에 갔다가 마루로 돌아와 보니 할머니가 막걸리에 파전을 먹고 있었다. 갑자기 참을 수 없을 만큼 허기가 졌다.

"먹을 거냐?"

"술은 왜 마셔."

운이는 할머니 옆에 앉았다.
"맛있어."
한 입만 맛보겠다는 생각으로 파전을 손으로 찢어 입에 넣었다. 얼마 씹지도 않았는데 금세 사라져서 운이는 입맛을 다셨다. 할머니가 잔에 막걸리를 따라 마셨다.
"무슨 맛인데?"
"몰라. 얼른 들어가 자."
"이것만 먹고."
운이는 파전 하나를 입에 넣고 우물거리면서 방 안으로 들어왔다. 여전히 배가 고팠지만 참아야만 했다. 문 너머에서 할머니가 막걸리를 마시고 캬, 하는 소리가 들렸다. 운이도 삼촌이 깨지 않게 조용히 할머니를 따라 했다. 캬.

할머니는 통조림 복숭아를 락앤락 통에 담아 챙겨 주었다. 복숭아는 이제 쓸모없어, 할머니. 운이는 속으로 말했다. 마지막 만찬은 고등어구이였다. 운이는 살을 발라서 할머니의 밥그릇에 하나, 삼촌의 밥그릇에 하나 놓았다.
"왜 그래, 운아?"
정배 삼촌이 물었다.
"그냥 먹어, 삼촌."
"드디어 철이 들었구나."

삼촌은 그렇게 말하며 허겁지겁 고등어를 먹었다. 할머니는 너 먹으라면서 다시 줬다. 운이는 손을 내저었다.

"배불러."

운이는 복숭아가 담긴 락앤락 통과 팬티, 치약, 칫솔, 할머니의 흰 봉투를 넣은 가방을 메고 대문으로 갔다. 고모는 자느라 얼굴을 볼 수 없었다. 대문을 열자 익숙한 끼익 소리가 났다. 할머니와 삼촌과 함께 백구 계단을 내려갔다. 날이 추워져서 그런지 햇빛이 있는데도 몸이 떨렸다. 백구 계단 바로 앞에 동수 엄마 차가 기다리고 있었다. 할머니는 운이 손을 잡으며 차 조심하고 건강하게 잘 다녀오라고 말했다. 아빠한테 연락하고, 밥은 꼭 챙겨 먹고, 무슨 일이 생기면 할머니한테 연락하는 것도 잊지 말라고 했다. 할머니의 손은 차가웠다. 삼촌은 귀에다 대고 할머니 말은 너무 신경 쓰지 말고 재밌게 놀다 오라고 속삭였다. 동수 엄마의 차 뒤에서 다른 차가 빵빵거리자 운이는 허겁지겁 차에 올라탔다. 차는 망설임 없이 출발했다.

운전석에 앉은 선생님은 선글라스를 쓰고 있었다.

"너희 아버지 댁에서 잘 거니?"

운이에게 동수 엄마는 역사 선생님이기도 했다.

"네."

"동수 잘 챙겨 줘라."

"네."

옆에 앉은 동수는 운이가 차에 탈 때 오, 왔냐, 라고 했을 뿐 거들떠보지도 않았다. 된장할 놈. 선생님은 동수와 운이를 역에 내려 주자마자 바쁜 일이 있다며 가 버렸다. 둘은 예매한 티켓을 받아 열차에 탔다. 안전벨트를 메고 좌석 번호를 다시 한번 확인했다.

"한 네 시간은 가야 할걸."

동수가 말했다.

"나도 알아."

운이는 눈을 감고 주문을 외웠다. 우추추. 우추추. 열차가 곧 출발한다는 안내 방송이 나왔다. 무심코 고개를 돌려 창밖을 쳐다봤다. 블랙 윈도우 길드 사람들이 손을 흔들고 있었다. 운이는 꿈인 줄 알고 눈을 비빈 뒤 다시 봤다. 그들이 맞았다. 길드 마스터 블랙 윈도우와 살라딘 버몬트 형제, 부처 그리고 앙리까지. 운이는 저번 모임에서 서울에 죽으러 간다고 말했던 걸 떠올렸다. 그때 운이는 모임에 나오는 게 이번이 마지막일 수도 있다고 말했다.

"1년 동안 즐거웠어요. 비록 좋은 대학에 가지는 못했지만, 죽을 때 많이 생각날 거예요."

블랙 윈도우는 너의 결정이니 어쩔 수 없다고 말했다. 살라딘과 버몬트는 이왕 죽는 거 맛있는 거 많이 먹고 죽으라고 했다. 예수가 된 부처는 안절부절못하더니 죽지 않으면 안 되냐고 물었다. 눈에는 눈물이 가득했다. 운이는 괜찮다고 말했다.

"사람은 누구나 죽거든."

앙리에게는 학교에 비밀로 하라고 했다. 앙리는 솔직히 말해서 네 죽음에 대해 궁금해하는 사람은 없을 거라고 했다. 비정하게도, 운이는 그 말에 실망하지 않았다. 마찬가지로 학교 사람들 중 누가 죽는다고 해서 운이 역시 진심으로 슬퍼하지 않을 테니까. 무엇보다 곧 졸업이었다.

블랙 윈도우는 운이와의 갑작스러운 이별을 위해 거금을 들여 플레인 요거트 스무디를 시켜 줬다. 운이는 처음 먹어 본 그 음료가 달기만 하고 맛은 없다고 생각했다. 차라리 에스프레소를 먹는 편이 더 나았다.

그렇게 헤어졌던 블랙 윈도우 길드 사람들이 손을 흔드는 모습을 보자 운이는 반가웠고, 그들도 함께 서울에 갔으면 어땠을까 하는 생각을 잠시 했다. 열차가 덜컹거리면서 출발했다. 길드원들은 곧 검은 점이 되었다. 동수 자식이 좀 봤으면 좋았을 텐데, 핸드폰을 하느라 보지 못했다.

"내 꿈이 뭐냐고 물어봐 줘."

운이가 대뜸 말을 꺼냈다. 동수는 잠깐만 기다리라며, 중요한 얘기 중이라고 했다. 지금 이보다 더 중요한 얘기가 세상에 또 있을까. 동수는 아무것도 몰랐다. 죽음을 눈앞에 둔 친구가 자기 옆에 앉아 있다는 것도. 운이는 열차가 흔들리는 척하며 동수를 툭 한번 쳤다. 어쨌든 동수는 저승길을 동행하는 친구였다.

한참 지나고 나서 동수가 네 꿈이 뭔데, 라고 물었을 때 운이는 유리창에 고개를 기대고 있었다. 멋지게 죽는 게 내 꿈이라고 말하고 싶었지만, 입을 열면 구역질이 나올 것 같았다.

"왜 그래, 촌스럽게. 너 멀미해?"

운이는 고개를 끄덕였다.

"조금만 참아. 다 온 것 같은데."

아쉽게도 멀미를 멈추는 주문은 만들지 않았다. 제기랄. 운이가 할 수 있는 건 눈을 크게 뜨고 외울수록 아픔이 사라지는 주문인 튀튀시를 외우는 것밖에 없었다.

운이는 힘겹게 열차 밖으로 나와 서울 땅에 첫발을 내디뎠다. 하지만 만끽할 시간이 없었다. 화장실부터 찾아야 했다. 동수와 운이는 두리번거리면서 에스컬레이터를 타고 위로 올라갔다.

"여기야, 여기!"

아빠는 운이를 발견하자 멀리서부터 손을 흔들었다. 그 모습이 할머니와 닮아 있었다. 아빠는 보라색 등산복을 입고 동그란 안경을 쓰고 있었다. 동수가 예의 바르게 고개를 꾸벅하며 인사했다. 운이는 오랜만에 만난 아빠를 반길 여유도 없이 화장실이 어디냐고 물어야 했다.
"왜 그래."
"멀미했나 봐요."

동수가 말했다. 아빠는 운이의 손을 잡고 화장실로 향했다. 운이는 변기를 잡고 억억거리면서 아침으로 먹은 고등어구이를 게워 냈다. 열차에서 조금 먹은 복숭아도 함께. 아빠는 뒤에서 운이의 등을 두들겨 줬다. 운이는 더 이상 토가 나오지 않자 숨을 가다듬고 뒤돌았다. 아빠는 그 누구보다 밝게 웃고 있었다.

"왜 웃어, 아빠."
"잘 지냈냐?"

아빠는 언제쯤 철이 들까. 동수가 운이에게 물을 건넸다. 운이는 숨도 쉬지 않고 물을 마셨다. 화장실 밖으로 나오자 그제야 서울에 왔다는 것이 실감 났다. 셀 수 없이 많은 사람들이 바쁘게 오가고 있었다. 다들 어디로 가는 걸까. 역 밖으로 나가니 큰 도로가 눈에 띄었다. 운이가 몇 차선이나 되는지 세고 있을 때, 아빠가 빨리 오라면서 손짓했다. 동수는 서울에서는 일 초도 정신을 놓으면 안 된다고 귀띔했다.

"나도 알아."

아빠는 일단 집으로 가자며 택시를 탔다. 알고 보니 아빠 친구인 만보 아저씨의 택시였다. 만보 아저씨는 짙은 콧수염을 기르고 있었다. 서울 사람들은 콧수염을 기르기도 하나 보다. 아빠는 조수석에 탔고, 운이와 동수는 뒷좌석에 앉았다. 아빠는 앉자마자 아들내미가 탔으니까 택시 요금을 깎아 달라고 말했다. 만보 아저씨는 잠자코 듣고 있다가 누가 정제 아들이냐고 물었다.

"누구게? 맞춰 봐."

운이가 저요, 라고 말하려는데 아빠가 먼저 말을 꺼냈다. 만보 아저씨는 백미러로 유심히 운이와 동수를 번갈아 쳐다봤다.

"자네 얼굴에 상처는 왜 났어."

"네?"

운이가 당황해서 되물었다. 동수도 놀라서 몸을 앞으로 당겼다.

"무슨 상처?"

아빠가 고개를 돌려 운이를 쳐다보며 물었다.

"얼굴에 흉터가 있는데?"

"난 안 보이는데?"

어릴 적에 교통사고로 생긴 흉터는 이제 보이지 않을 정도로 미세한 자국이 되어 있었다. 운이도 흉터를 보려면 거울을 자세히 들여다봐야만 했다.

"거기서 생의 기운이 새고 있어."

만보 아저씨가 말했다.

"어떻게 보여요, 아저씨?"

상처의 정체를 알고 있는 동수가 물었다.

"난 보여."

아빠가 만보 아저씨의 머리를 한 대 쳤다.

"또 이상한 소리 하고 있어. 신경 쓰지 마."

만보 아저씨는 아무 말도 하지 않고 운전했다. 수많은 차와 도로, 삐죽이 솟은 고층 건물들을 지나쳤다. 운이는 자신도 모르는 사이 흉터에 손을 대고 있었다. 생의 기운이 빠져나가는 걸 막기 위해서. 다시 멀미가 찾아오려고 했다. 동수는 고개를 숙인 채 핸드폰만 만지작거리고 있었다. 사랑의 힘이란.

만보 아저씨의 차가 골목으로 들어갔다. 아빠는 편의점에 들러야겠다며, 차를 멈춰 달라고 했다. 아저씨는 편의점 앞에서 택시를 세웠다.

"잠깐만, 담배 좀."

아빠가 뛰어갔다. 만보 아저씨는 콧수염을 만지더니 갑자기 획 하고 뒤돌아봤다.

"네가 정제 아들이지?"

"네."

"넌 정제 아들 친구고."

"맞아요."

동수가 답했다.

"죽지 마라."

만보 아저씨가 말했다.

"네?"

"내가 너의 수명을 늘려 주마."

"어떻게요?"

"상처에 반창고를 붙여 줄게."

"네?"

만보 아저씨는 조수석 앞에 있는 서랍에서 손을 몇 번 휘젓더니 둘리가 그려진 반창고를 꺼냈다.

"이걸 하루 종일 붙이고 다녀. 그럼 살 수 있어."

"정말요?"

운이는 눈을 동그랗게 뜨고 물었다.

"대신 이걸 사야 해."

"얼만데요."

만보 아저씨는 검지를 들어 올렸다.

"만 원이요?"

"아니, 백 원."

운이는 호주머니를 뒤졌다.

"너 백 원 있냐."

동수가 백 원을 만보 아저씨에게 줬다. 반창고를 건네받은 운이는 재빠르게 뜯어서 흉터가 있는 곳에 붙였다.

"지금부터 이십사 시간 동안 절대로 반창고를 떼서는 안 돼. 그럼 효력이 없거든. 알겠지?"

"네."

"오래오래 살아라. 아빠한테는 비밀이야."

"네."

"저는 뭐 없나요?"

동수가 물었다.

"넌 좀 재미가 없구나."

"네?"

"굴곡이 없어. 재미있어지려고 노력하는 게 좋을 거야."

"그게 무슨 말이죠?"

그때 아빠가 돌아왔다. 담배 냄새가 났다. 아무래도 담배를 한 대 피우고 온 것 같았다. 명절 때마다 아빠는 담배 때문에 할머니에게 혼이 많이 났다. 할머니는 우리 집안에 담배를 피우는 사람은 단 한 사람도 없었다며, 운이에게 해로우니 밖에 나가서 태우라고 쫓아내곤 했다. 만보 아저씨는 아빠 앞에서는 말하지 않기로 작정했는지 입을 꾹 다물었다. 택시가 다시 출발했다. 깊은 물속으로 들어가듯 택시는 골목 안쪽으로 유유히 이동했다.

만보 아저씨는 택시비를 받지 않았다.

"왜? 나 돈 있어."

"이미 받았거든."

만보 아저씨는 운이와 동수를 보며 살짝 웃었다. 아빠는 뭐야, 라고 하더니 나중에 밥 한번 사겠다며 차에서 내렸다. 운이는 차에서 내리기 전에 말했다.

"살려 주셔서 감사합니다."

만보 아저씨는 운이를 쳐다보지도 않고 손을 들었다.

아빠의 집은 원룸이었다. 눅눅하고 냄새나는 집을 생각했지만, 예상외로 깔끔해서 놀랐다. 마당이 없는 대신 침대가 방 안을 가득 채우고 있었다. 운이는 침대에 벌러덩 누웠다. 아빠 몸에서 나는 향수 냄새가 났다.

"좀 좁지?"

동수는 필리핀에서 이런 집에 살았다면서 좋아했다.

"배고파?"

"아니."

"난 배고프니까 라면 먹자."

아빠는 실실 웃으면서 라면을 끓였다. 운이는 누워서 몸을 빙글빙글 굴렸다. 난 이제 죽지 않는 걸까. 반창고를 만져 봤다. 부드러웠다. 정말 죽지 않는 거야? 죽음의 징조들도 이제 사라지는 건가. 이 반창고 하나로?

"나 재미없어?"

침대 끝에 앉아 있던 동수가 물었다.

"나보단 재미없지."

"설마."

아빠가 끓인 라면은 국물이 없고 짰다. 토하고 나서 그런지 입맛이 없었다. 운이는 차라리 정배 삼촌이 끓여 준 라면이 그리울 지경이었다. 동수는 라면을 호로록거리면서 잘도 먹었다. 어느새 냄비가 깨끗하게 비워졌다. 운이는 락앤락 통에서 복숭아를 꺼내 동수와 나눠 먹었다. 부들부들한 황도 복숭아는 이제 운이가 어느 때나 습관처럼 먹는 과일이었다.

"너네 이 앞에 큰 호수가 있는데 같이 갈래?"

아빠가 물었다.

"왜?"

"서울까지 와서 여기 박혀 있을 순 없잖아."

"내일 63빌딩 가기로 했잖아."

"그래도. 가자."

아빠는 운이 앞에 와서 어깨를 잡고 흔들었다.

"한 번만. 응?"

운이는 한숨을 쉬며 동수를 쳐다봤다.

"나야 좋지."

동수가 말했다.

"좋아. 그럼 가는 거다."

뭐가 그렇게 신났는지 아빠는 들떠서 나갈 준비를 했다.

운이는 고개를 젖혀야 꼭대기가 보이는 타워를 바라보면서, 63빌딩보다 더 높은 건물이 있다는 걸 처음 알았다. 저기서 떨어지는 것도 꽤 멋진 죽음일 것 같았다. 죽지 않는 것에 대해서는 일단 하루 정도 지켜보고 결정하자. 운이는 그렇게 마음먹었다. 만일 반창고가 효력이 없다면 내일 죽으면 된다.

아빠는 할머니나 고모처럼 운이의 손을 잡고 호수를 걸었다. 호수는 크게 두 개가 있는데, 아빠 말로는 새벽에 잠깐 동안이지만 호수 하나가 더 생긴다고 했다. 동수는 정말이냐고 물었다.

"그럼. 새벽 운동 나왔는데 진짜 생겨 있었다니까. 뛰는 데 너무 오래 걸려서 돌아보니 호수가 세 개였어."

아빠의 농담을 잘 알고 있는 운이는 할 말이 없었다. 호수에서는 놀이 기구들이 보였다. 놀이 기구에 탄 사람들은 악을 질러 대고 있었다. 저걸 타다가 죽는 건 어떨까, 하고 운이는 생각했다.

"넌 뭐 그렇게 생각이 많아."

아빠가 물었다.

"아니야."

"할머니는 잘 계시지?"

"빨리도 물어보네. 잘 있어. 삼촌도 잘 있고. 고모도."

"정숙이는 아직도 시험공부 중?"

"응."

"그만 좀 하라고 해. 나처럼 빨리 포기할수록 좋아."

"직접 말해."

"동수라고 했나. 넌 공부 잘하니?"

아빠가 옆에서 핸드폰으로 호수를 찍고 있던 동수에게 물었다.

"네? 그냥 좀 해요."

"오, 몇 등인데."

"아빠, 요즘은 등수 같은 거 없어. 그래도 얘는 진짜 잘해."

"그래? 난 학교 다닐 때 일등도 해 봤어."

"거짓말."

아빠가 웃었다.

"성적표가 있으면 보여 줬을 텐데. 넌 누구 닮아서 그러냐."

"아빠 아니면 엄마 닮았겠지."

아빠는 잠시 말을 잃었다.

"오늘은 여기까지 보고 내일은 63빌딩이랑 남산에 가자. 그리고 좀 이따가 세상에서 제일 맛있는 치킨을 시켜 줄게."

"좋아요."

동수는 내일 63빌딩을 보러 가서 좋은 건지, 세상에서 제일 맛있는 치킨을 먹는 게 좋은 건지 계속 좋다고만 했다. 그냥 서울에 있는 게 좋아 보였다.

"반창고는 뭐야. 어디 다쳤어?"

"아니."

"뭐야, 그럼 떼."

아빠가 반창고를 떼려고 하자 운이는 화들짝 놀라서 아빠의 손을 뿌리쳤다.

"옛날에 다쳤어. 아프다고."

"아까는 없었잖아."

아빠는 멋쩍은 듯 한 걸음 물러나 말했다.

"있었어. 아빠가 못 본 거야. 관심도 없으면서."

"그래? 그런가."

그들은 두 개의 호수를 돌아 처음 자리로 돌아왔다. 아빠가 앞장서서 산책로 바깥으로 나갔다. 운이는 마지막으로 호수와 놀이 기구 그리고 타워를 돌아봤다. 바람이 지나가자 반창고가 떨어지려고 했다. 운이는 놀라서 이마를 붙들었다. 아빠의 원룸으로 갈 때까지 운이는 반창고에서 손을 떼지 못했다.

아빠는 집 앞에서 담배를 한 대 피웠다. 담배를 피우면서, 담배는 몸에 매우 좋지 않다고 말했다.

"그런데 아저씨는 왜 피워요?"

동수가 물었다.

"외롭기 때문이지."

"왜요? 사랑이 부족한가요?"

"무척."

아빠는 그 말을 하며 씨익 웃었다. 원룸에 돌아오자마자 티브이를 틀었다. 아빠는 침대에 누워 몸을 옆으로 돌리고 티브이를 봤다. 운이도 그 옆에 누웠다. 동수는 침대에 기대앉아 핸드폰으로 메시지를 주고받았다. 이렇게 있으니 운이는 서울에서나 집에서나 하는 짓이 하나도 다를 게 없다고 생각했다. 이러려고 서울에 왔나. 아빠는 티브이를 보며 웃다가, 갑자기 열시에 치킨을 시킬 테니 그때 깨우라고 했다. 그러더니 안경을 벗고 잠이 들었다. 운이는 아무 생각 없이 티브이를 봤다. 동수의 웃음소리가 들렸다.

"연애하니까 좋냐."

"너도 해 보면 알 거야."

"그래."

운이는 채널을 돌리다가 볼 만한 게 없어서 티브이를 꺼 버렸다.

"나 정말 죽지 않을까?"

"왜, 점쟁이 말을 아직도 믿는 거야?"

"응. 만보 아저씨 말도."

동수는 메시지를 주고받느라 정신이 없는지 말이 없었다.

해 질 녘, 하루의 마지막 햇살이 아빠의 원룸에 번졌다. 따사로운 햇볕을 맞자 노곤해졌다. 이 시간이면 할머니와 삼촌은 마감하고 있겠지. 마지막 손님을 받은 뒤, 혹시 또 다른 손님들이 들어오면 오늘 영업은 끝났다고 말하겠지. 그래도 너무 배가 고프다고 말하는 손님이 있다면 받아 줄 거야.

운이는 눈이 감기려고 했다. 하지만 이대로 눈을 감으면 정말 죽을 것 같아서 눈을 번쩍 뜨려는데 잘되지 않았다. 젠젠다. 우추추. 주문을 외워도 소용없었다. 나 혼자만의 힘으로 이 고비를 넘겨야 한다. 정신 차리자. 힘을 빼고 숨을 내쉬었다. 후, 하. 후, 하. 등줄기에 진땀이 흘러내렸다. 운이의 손은 자연스럽게 반창고로 향했다. 그때 핸드폰이 울렸다.

운이는 벌떡 일어났다. 운이의 핸드폰은 아니었다. 동수는 핸드폰을 손에 쥐고 꾸벅꾸벅 졸고 있었다.

"아빠. 전화 받아."

아빠는 인상을 썼다. 쭈글쭈글한 주름이 온 얼굴에 잡혔다.

"열 시 되면 깨우랬잖아."

"전화 와서."

아빠는 침대 옆에 있는 핸드폰을 힐끔 보더니 꺼 버렸다.

"아우, 귀찮게 하네."

그 말을 하고는 몸을 돌려 다시 잤다. 운이는 호흡이 가빠졌다. 눈을 감아도 잠을 잘 수 없었다. 입술을 깨물었다가 말았다. 마침내 운이 핸드폰에 전화가 울렸다. 고모였다.
 고모는 상황을 조용히 설명했다. 통화가 끝나자, 반창고가 운이가 흘린 눈물에 못 이겨 툭 하고 떨어졌다.

3부

떨어지는 것은
날아오른다

죽음은 끝이 아니라 이야기의 일부다.

핀란드 속담

이별의 삼각형

할머니는 백구 계단에서 넘어지셨다고 한다. 막걸리를 마신 뒤 계단을 내려오다 발을 헛디뎠고, 그대로 굴러떨어졌다. 할머니를 최초로 발견한 사람은 계단 바로 옆에 있는 헌책방 아저씨였다. 헌책방 아저씨는 장사가 안되는 건 자기 탓이 아니라고 아내와 싸우다가 밖으로 나와 담배를 입에 물던 차였다. 아저씨의 증언에 따르면 할머니는 계단 밑에 쓰러져 있었고, 머리에서는 새빨간 피가 흘렀다고 했다. 아저씨는 너무 놀라서 자리에 주저앉았다. 단 한 번도 119를 불러 본 적 없는 아저씨는 손을 덜덜 떨며 전화를 걸었다. 헌책방 아줌마는 수건을 들고 와 할머니의 피를 닦아 주며 엉엉 울었다. 할머니는 헌책방 단골손님이었다. 운이의 문제집은 모두 그곳에서 샀다. 퇴근할 때 가끔 들러 소설책을 한 권씩 사 오기도 했다.

병원에 도착한 할머니는 응급 처치를 받아 다행히 목숨은 건질 수 있었다. 정배 삼촌은 할머니가 수술을 받는 내내 자신의 가슴을 때리며 자책했다. 사고가 일어난 오후, 삼촌이 손님도 없으니 따뜻한 국물에 막걸리나 한잔하자고 할머니에게 제안한 것이 화근이었다. 할머니는 네가 웬일로 술을 다 찾냐며 좋다고 했다. 할머니와 삼촌은 마지막 손님이 나가자마자 셔터를 내리고 술을 마셨다. 할머니는 어묵탕을 끓였다. 삼촌은 엄마랑 오랜만에 오붓하게 술을 먹으니 기분이 남다르다고 말했다.

"운이는 잘 있겠지?"

"그럼요. 걱정하지 말아요."

할머니와 정배 삼촌은 막걸리 세 병을 사이좋게 나눠 마셨다. 할머니는 삼촌에게 의지해 백구 계단을 올라 집에 도착했다. 독서실에서 일찍 돌아온 고모는 왜 이렇게 술 냄새가 나냐며 짜증을 냈다.

"정배랑 한잔했어. 왜."

"엄마답지 않게 왜 그래."

정배 삼촌은 씻으러 들어갔다. 고모는 방 안에서 남자 친구와 통화를 했다. 할머니는 아마도 마루에 앉아 있었을 것이라고 정배 삼촌은 말했다.

"엄마는 자주 거기 앉아서 하늘을 올려다보잖아."

고모는 긴 통화를 하느라 헌책방 아저씨의 전화를 받지 못했다. 정배 삼촌은 씻은 뒤 술기운 때문인지 바로 방에 들어가 잤다. 고모는 화장실 가는 길에 마루에 앉아 있어야 할 할머니가 없다는 걸 알게 됐다. 정배 삼촌을 깨웠다. 삼촌은 정신을 차리지 못했다. 삼촌의 전화기가 울렸다. 병원이었다.

집으로 돌아가는 열차에서 운이는 계속해서 젠젠다를 외웠지만, 오늘따라 주문이 먹혀들지 않았다. 집까지 왜 이렇게 오래 걸리는 건지. 너무 많이 울어서 인중에 콧물 자국이 생겼다. 아빠는 두 손을 모으고 기도했다. 부처님과 하느님은 물론이고 세상에 있는 모든 신에게 기도를 드렸다. 그런 아빠를 보면서 운이는 지금까지 외운 모든 주문이 오직 자기 자신만을 위한 것이었음을 깨달았다. 운이도 아빠처럼 가만히 앉아 있을 수가 없었다. 동수는 침착하라고 계속해서 말했다.
"달라지는 건 없잖아. 마음을 편히 먹어. 힘들겠지만."
운이는 고개를 돌려 버렸다. 눈을 감고 젠젠다를 외웠다. 쉬지 않고 속삭였다. 젠젠다를 2025번 외우고 나자 도착했다. 역에서 나와 바로 택시를 잡았다.

할머니는 눈을 감고 있었다. 호흡기에 숨을 의지하고 있었지만, 표정은 기분 좋은 꿈을 꾸고 계신 것 같았다. 조그만 할머니. 운이는 그렇게 생각했다. 주방에서 설거지 제대로 안 하냐고 소리치던 할머니와는 달랐다. 160센티미터도 안 되는 할머니는 작은 손으로 두 주먹을 꼭 쥐고 있었다. 의사 선생님 말로는 수술은 잘 끝났으나, 경과를 지켜봐야 한다고 했다. 그만큼 말도 안 되는 말도 없다고 아빠가 말했다. 고모는 아빠를 말렸다.
"진정 좀 해."
"넌 진정이 되냐?"
아빠의 얼굴은 붉게 달아올라 있었다. 아빠는 병원에서도 기도했다. 정배 삼촌은 병실 복도 끝에 앉아 고개를 숙인 채 한숨을 푹푹 쉬었다. 고모는 할머니가 있는 중환자실을 쳐다보며 손톱만 물어뜯었다. 동수는 운이에게 잠깐만 이쪽으로 와 보라고 했다.
"나 가 봐야 해. 엄마가 병원으로 데리러 오겠대."
"그래. 가 봐."
"야."
"응."
"괜찮을 거야, 할머니. 너무 걱정하지 마."
"알았어."
"주문의 힘은 위대해. 알지?"
"응."
동수는 운이의 어깨를 한번 잡아 주고 병원을 빠져나갔다.

운이는 의자에 걸터앉았다. 확실히 주문의 힘은 위대하다. 하지만 할머니를 위한 주문은 없다. 지금 바로 주문을 만들어야 하나. 구석에서 정배 삼촌이 흐느껴 우는 소리가 들렸다. 할머니는 왜 한밤중에 백구 계단을 내려가셨을까. 운이는 의자에 털썩 주저앉았다. 끝내 주문을 만들지 못했다. 주문은 그렇게 쉽게 만들어지는 것이 아니었다. 이제까지 주문들을 어떻게 만들었는지조차 기억나지 않았다.

언제까지고 병원 복도에 죽치고 있을 수는 없었다. 면회 시간은 하루에 두 번밖에 주어지지 않았다. 집으로 돌아가야 했다. 삼촌은 종이에 임시 휴업이라고 삐뚤빼뚤한 글씨로 써서 가게 입구에 붙였다. 고모와 운이는 할머니가 쓰러져 있었다는 백구 계단 밑에 가 봤다. 둘은 손을 맞잡고 조심히 계단을 내려갔다. 할머니의 핏자국은 그 어디에도 보이지 않았다. 그대로였다. 백구 계단도, 문을 열 때 나는 끼익거리는 소리도, 할머니 방 냄새도 그대로였다.

"의사 선생님 말씀 들었지. 긴 싸움이 될 수도 있대."

고모가 말했다.

"응."

"그날 밤에 엄마는 왜 계단을 내려갔을까."

운이는 고개를 숙이고 신발코를 쳐다봤다.

"엄마는 그날 기분이 좋아 보였어. 옛날 생각이 난다는 말을 반복했어. 그게 언제인지 물어볼걸. 물어봤어야 했는데. 그걸 물어봤어야 했는데, 난 뭘 하고 있었지?"

고모는 미간을 찌푸렸다.

삼십 분밖에 주어지지 않는 면회 시간에 가족들은 할머니를 가만히 바라보기만 했다. 운이는 할머니가 코에 조그마한 점이 있고, 속눈썹이 길다는 것을 알게 됐다. 할머니는 규칙적으로 숨을 쉬었다. 눈은 여전히 뜨지 않았다.

"많이 호전됐지만 언제 깨어날지 모른다는 말 같지도 않은 소리를 또 했어."

면회가 끝난 뒤 아빠는 담당 의사와 상담했다고 했다. 그사이 아빠는 수염이 많이 자랐고, 피부도 거칠어져 있었다. 안경도 얼룩져서 앞이 보이지 않을 것 같았다.

"오빠도 좀 쉬어."

고모의 말에 아빠는 담배를 꺼내 밖으로 나갔다. 운이는 어떻게 우리 가족이 단 며칠 만에 이렇게 되어 버렸는지 세상이 원망스러웠다. 아빠도, 삼촌도, 고모도, 운이도 하루 동안 눈물을 많이 혹은 조금 흘렸다. 눈을 감아도 정신을 붙잡을 수 없었다. 가만히 있기가 힘들었다. 지금 운이에게 주문은 필요하지 않았다. 아빠는 가족들과 마주 앉아 밥을 먹으며, 지금 목구

명으로 밥이 넘어간다는 게 대단히 웃기다고 말했다. 운이는 웃지 않았다.

할머니의 상태가 일주일이나 변함없이 지속되자, 아빠와 고모는 현실적인 고민을 하게 됐다. 마당에서 아빠는 담배를 입에 물고서 병원비가 생각보다 많이 나올 것 같다며 걱정했다. 고모는 운이에게 방으로 들어가라고 손짓했다. 운이는 아직 열일곱 살이었다. 운이가 방 안으로 들어가고 나서야 고모가 물었다.

"오빠 돈 있어?"

"있기야 있지. 문제는 앞으로야."

"어떡해. 엄마가 들고 있는 적금이라도 깨야지."

"엄마가 적금을 들었어?"

"응, 운이 대학교 등록금."

"일단 깨지 말고 기다려 봐. 할 수 있는 데까지 해 보자."

아빠가 담배를 피우러 나갔는지 끼익 소리가 들렸다. 할머니가 없어도 아빠는 집에서 담배를 피우지 않았다.

그날도 가족들은 택시를 타고 병원에 갔다. 차 안에 있는데도 찬 공기가 창문 틈으로 들어왔다. 택시 기사가 히터를 약하게 틀었다. 운이는 만보 아저씨가 생각나서 눈 밑을 만졌다. 할머니만 괜찮아진다면 자신의 목숨 따위는 내놔도 상관없었다. 병원에 도착하자 아빠와 고모는 잠깐 원무과에 들른다며, 먼저 올라가 있으라고 했다. 운이는 삼촌과 함께 엘리베이터를 탔다. 중환자실 앞에는 면회를 온 사람들이 대기하고 있었다. 다들 운이네 가족처럼 초조해 보였다. 삼촌은 어제 김치찌개를 잘못 만들어 먹어서 배가 아프다며, 화장실에 다녀오겠다고 했다. 운이는 고개를 끄덕였다. 우추추를 외우자고 마음먹었을 때, 중환자실 문이 열렸다. 운이는 혼자였다.

할머니는 여전했다. 포근하게 자고 있어서 당장 일어나도 이상하지 않을 것 같았다. 운이는 할머니에게 다가가 무릎을 굽혔다. 할머니의 손을 살짝 잡았다.

알았어, 할머니. 복숭아 잘 챙겨 먹을게. 아빠가 복숭아 한 박스 시켜 준대. 좋아. 쉽지는 않겠지만, 설거지 열심히 해 볼게. 손님들이 남긴 음식은 쳐다보지도 않고 버릴 거야. 횡단보도도 초록불 되면 건널 거야. 초록불이 깜빡거리면 건너지 않을게. 약속해. 진짜야. 이제 졸업하지만, 우리 중학교 앞에 있는 마트에서 양파 사 오라고 하면 언제든 사 올 수 있어. 어차피 고등학교 가는 길에 있거든. 그리고 할머니, 나 안 죽을게. 사실 서울에 죽으러 갔었는데, 안 죽을게. 죽으면 죽는 건데 살려고 노력해 볼게. 그러니까 제발 눈을 떠 줘, 할머니. 응?

운이는 시간을 확인했다. 벌써 십오 분이 지나 있었다. 운이는 시간을 느리게 가게 만드는 주문을 외웠다. 단단디. 단단디. 단단디.

나 원래 졸업식도 안 가려고 했는데, 갈게. 할머니가 가고 싶어 했잖아. 할머니 입고 싶은 한복 입고 와. 사진도, 음. 사진도 찍을게. 진짜 나 큰 약속한 거야. 이렇게 말했는데도 안 일어나면 할머니 진짜 미워.

그때, 할머니의 눈가에 물방울이 맺혀 볼 위로 굴러갔다. 단단디. 운이는 주문을 외웠다. 할머니 내 말 듣고 있는 거 맞지? 약속한 거다, 할머니. 단단디. 아무리 외워도 삼십 분이 금세 지나갔다. 단단디. 느지막하게 온 정배 삼촌이 운이에게 시간이 다 됐다고 말했다.

"우리 약속했어."

할머니의 손을 놓았다. 운이는 중환자실을 나와서 할머니의 물방울에 대해 아무에게도 말하지 않았다.

그리고 다음 날 아침, 할머니의 숨이 멎었다.

운이는 수학 시간에 삼각형과 마주할 때마다 늘 기분이 좋지 않았다. 삼각형의 세 꼭짓점은 너무나도 날카로웠다. 거꾸로 세워 놓으면 금방이라도 떨어질 것만 같았다. 운이에게 있어 이별은 그렇게도 날카로웠다.

날아라, 독수리

길드 마스터 블랙 윈도우는 우리 모임의 취지를 바꿔야 할 것 같다고 말했다.

"왜요?"

눈에 띄게 야윈 버몬트가 물었다.

"자네들, 관장님이 내게 말하시는 거 들은 적 있나."

"아니요."

버몬트와 반대로 살이 더 찐 살라딘이 답했다.

"나에게 취직 제의가 들어왔다. 헬스 트레이너로 일해 볼 생각 없냐고."

"그게 정말인가요?"

앙리가 놀라서 물었다.

"그래. 남들은 대학 졸업하고 나서도 될까 말까 한 취직을 나는 고3이 되자마자 하게 됐네."

"축하드려요!"

"고맙네. 어쨌든 이렇게 취직하고 나니 좋은 대학에 가는 것에 아무런 의미가 없다고 느껴졌다. 그래서 우리 모임의 취지를 바꿔 보고자 하네."

"어떻게요?"

"어떻게 하면 몸과 마음을 건강하게 단련할 수 있는지 연구하는 길드로. 그러기 위해선 헬스장을 다녀야겠지?"

운이는 블랙 윈도우를 유심히 쳐다봤다. 길드 마스터는 전과 똑같이 그의 트레이드마크인 검은색 나시를 한 장 입고 있었는데, 몸이 단단해져서 영화에 나오는 조폭 같은 분위기가 물씬 풍겼다.

"아하. 그래서 이 조그마한 케이크까지 시킨 건가요?"

"그래. 물론 나는 먹지 않아. 꽤 훌륭한 헬스 트레이너가 되기 위해서 몸매 관리는 필수거든. 이 초콜릿케이크는 달고 지방이 많아. 500칼로리쯤은 되겠군."

"대단하시네요."

자리에 앉아 있던 길드원들은 하나같이 블랙 윈도우에게 박수를 보냈다. 주말의 카페는 한산했다. 잔잔한 피아노곡이 들렸다. 운이는 음악을 듣자 졸음이 약간 밀려왔지만, 한 달 내내 오늘만 기다려 왔으므로 정신을 차리기로 했다. 차가운 물을 마셨다.

"전 형과 다른 고등학교를 간 게 잘됐다고 생각해요."

버몬트가 말했다.

"살도 많이 빠졌고, 더 이상 우리를 한 묶음으로 보는 사람도 없거든요. 중학교 때만 해도 일부러 그랬는지 형과 3년 내내 같은 반이었어요."

"난 아니야."

"왜, 형."

"전에는 나를 쌍둥이라고 좀 특이하게 봐 줬는데, 이제 나도 평범한 사람이 되어 버렸어. 흔해져서 기분 나빠. 그것 때문에 스트레스를 받아서 계속 먹었어."

"난 몰랐어. 형이 그래서 살이 찐 건 줄은."

"그럼, 내가 왜 살이 쪘겠어."

"공부하느라. 성적이 올랐잖아."

"넌 정말 날 모르는구나."

운이는 한배에서 나왔는데도 저렇게 다를 수 있다는 게 신기했다. 또한 그들을 늘 하나로 봤던 것에 대해 미안함이 들기도 했다.

"자네는 살라딘이라서 살을 못 빼나?"

"네?"

"농담이네."

블랙 윈도우가 푸하하 소리를 내며 웃자, 길드원들도 따라 웃었다.

"살 빠지는 주문은 없을까?"

살라딘이 운이에게 물었다. 운이는 그런 게 있었으면 내 몸부터 주문을 걸어서 살을 뺐을 거라고 말했다.

"야자까지 겹치니 이거 정말 지독한 젠젠다의 나날이야."

"힘내게. 앞서 말했지만 좋은 대학에 가는 것만이 정답은 아니니까."

블랙 윈도우가 살라딘을 토닥였다. 붉은색으로 머리를 염색한 부처는 더는 부처도, 예수도 아니었다. 자기 딴에는 최후의 반항이라고 하는데, 운이는 이쯤 되니 부처의 반항이 언제 끝날지보다 앞으로 어떻게 진행될지가 더 궁금했다.

"제가 실업계 고등학교를 간 이유는 오직 하나, 좀 더 다채롭게 반항을 할 수 있다는 점 때문입니다."

부처는 규율에서 자유로워져서 편하다는 말을 덧붙였다.

"너희는 야자 같은 건 하지 않지?"

"공부는 스스로 하는 거야."

부처는 부처다운 말투로 말했다.

"그 말에 나도 동의하네."

"반항도 스스로 하고?"

"그렇지."

"반항에는 진전이 있어?"

살라딘이 물었다.

"내 붉은 머리를 보고 아빠가 웃었어."

"웃었다고?"

"그래. 웃었어."

"그리고는?"

"끝이야. 방으로 들어가 잤어."

"엄마는?"

"두 달간 싱가포르로 출장 가서 아직 보지 못했어."
"이런."
"어쩔 수 없군. 부처를 위해 우추추를 외워야겠군."
블랙 윈도우가 말했다. 길드원들은 다 함께 우추추를 외웠다. 블랙 윈도우는 그럼에도 불구하고 자네의 반항은 분명 어떤 식으로든 가치가 있으니 힘을 내라며 파이팅 포즈를 취했다. 그때, 운이는 길드 마스터의 단단한 팔을 볼 수 있었다. 처음 만났을 때는 빼빼 말랐던 블랙 윈도우는 2년이라는 시간이 지나자 근육질의 길드 마스터가 됐다. 그에 반해 자신은 길드에 들어왔을 때나 지금이나 외적으로 딱히 달라진 게 없는 것 같았다. 운이의 생각을 읽기라도 했는지, 앙리는 상황이 너무 급작스럽게 변해서 힘들다고 말했다.
"실연을 극복하지 못했거든."
"아직도?"
살라딘과 버몬트가 동시에 물었다.
"사랑에 시간이 중요한 건 아니지만, 1년은 꽤 긴 시간이야."
앙리는 에스프레소를 마시며 밖을 쳐다봤다.
"우리는 이맘때 처음 만났었지."
운이는 동수를 떠올렸다. 동수 자식은 겨울 방학 때 사귀었던 여자 친구와 백 일도 되지 않아 헤어졌다. 동수는 자기가 찾는 진정한 사랑은 그 사람이 아니었다며 이별했다고 했다.

그 뒤로 동수는 하필 남자 고등학교에 진학해 연애에 진전이 없어 보였다. 사실 운이는 학교가 달라 동수를 자주 보지 못했고, 요즘 연애를 하고 있는지 안 하고 있는지도 알지 못했지만.
"아, 첫사랑이란."
연애를 해 보지 못한 길드원들은 안타까운 척 연기했다. 포크를 들고 초콜릿케이크를 먹으며.
"룬은 요즘 어떤가?"
블랙 윈도우가 조심스럽게 물었다.
"저요?"
"그래."
"전 학교를 그만두기로 했어요."
"왜?"
"언제까지 독수리로 살 수는 없으니까요. 그 자식들을 더는 꼴도 보기 싫고. 그 자식들이 아니더라도 학교에 있는 모든 애들이 절 무시해요. 제가 내일 학교에 나가지 않아도 그들은 제가 오지 않았는지조차 모를 거예요. 전 제가 왜 이렇게 됐는지 생각해 봤어요. 소심하니까. 공부도 못하고, 뚱뚱하니까. 무엇보다도 만만하니까. 그래요. 전 못났어요."
운이는 잠시 쉬었다가 말을 이었다.
"하지만 이제 독수리도 날 수 있다는 걸 보여 주려고요. 가족들에게도 말했어요. 그만둬야겠다고. 삼촌은 네가 힘들다면 언제든 그만두라고 했고, 고모는 신중하게 다시 한번 생각해 보라고 했지만 제 결정에는 변함없어요. 할머니도 네가 그렇게 하고 싶으면 마음대로 하라고 했어요."

"할머니?"

앙리가 말했다.

"응, 할머니."

"할머니는 돌아가셨잖아."

"돌아가시기는 했지만 가끔 만나."

"어디서?"

"우리 집에서. 마루에 앉아 주문을 외우면 가끔씩 오셔. 아주 가끔. 만날 때마다 복숭아를 먹으라고 잔소리해서 짜증 나긴 하지만."

길드원들 모두 걱정스러운 눈으로 운이를 쳐다봤다. 블랙윈도우는 자기도 돌아가신 아버지가 가끔 꿈에 나온다며, 운이의 말에 힘을 실어 줬다. 그들은 고개를 끄덕였다.

"어쨌든 룬, 자네는 학교를 정말로 그만두는 건가?"

"여러분 생각은 어때요? 물어보고 싶어서 한 달을 기다렸네요."

"검정고시도 있고, 꼭 학교가 정답은 아니니까. 난 찬성."

버몬트가 손을 들고 말했다.

"난 반대. 친구가 없잖아. 고등학교 친구는 평생 간대."

"독수리라고 부르는 친구 따위는 없어도 돼. 대신 우리가 있잖아."

살라딘의 말에 버몬트가 대꾸했다.

"룬, 너 정말 괜찮겠어?"

부처가 걱정하며 물었다.

"응. 난 모레 학교 갈 생각에 벌써부터 힘들어. 지긋지긋해. 내가 지들 애완동물도 아니고."

"룬."

블랙 윈도우가 말했다.

"네."

"독수리는 하늘을 나는 새 중 가장 멋진 새야. 자네가 그러고 싶다면 마음껏 날게."

그러면서 윙크를 했는데, 그의 단단한 몸과 어울리지 않았다. 그렇게 해서 한 달에 한 번 있는 길드 모임이 끝났다. 블랙 윈도우는 길드의 취지가 변한 만큼 한 달 동안 다들 몸과 마음을 잘 훈련하길 바란다고 말했다. 건강이 최고니까.

집으로 돌아가는 길에 앙리는 운이에게 네가 참 신기하다고 말을 했다.

"저번에는 서울에 죽으러 간다고 하더니, 이제는 학교를 그만둬? 난 네가 중학교 때만 해도 이런 애인 줄 몰랐어."

운이는 그 말에 미소를 짓고는, 초록불로 바뀐 횡단보도를 건넜다.

할머니의 장례식이 끝난 뒤, 아빠는 운이에게 혹시 서울에 올 생각은 없냐고 물었다. 원룸에서 같이 살자고. 부족하지만 밥 세 끼랑 매일 용돈은 챙겨 줄 수 있다면서 운이를 부추겼다. 운이는 싫다고 했다. 운이에게 있어 서울은 죽기 위해 간 곳이었고, 있는 동안 불행한 일이 벌어진 곳이었다. 내심 운이가 서울로 가 버릴까 걱정하던 고모와 삼촌은 손을 맞잡고 좋아했다. 삼촌은 할머니의 음식점을 물려받아 메뉴 수를 대폭 줄이고 운영했다. 손님이 줄기는 했지만, 망하지 않는 것에 다행이라고 여겼다. 고모는 길고 길었던 노무사 준비를 깨끗이 청산했다. 그리고 남자 친구가 일하는 중국집 옆에 있는 카페에서 아르바이트를 시작했다. 고모의 남자 친구는 시간만 나면 카페로 가서 고모와 함께 있었다. 고모는 시험 준비할 때보다 많이 웃었다. 아빠는 서울로 돌아갔다. 이번에도 어김없이 자주 오겠다는 거짓말을 했다.

운이는 백구 계단에 오르기 전, 할머니가 쓰러져 있던 그 장소에 서 있었다. 반창고도 없고, 할머니도 떠나 버렸다. 운이는 이제 자신이 언제 죽을지 모른다고 생각했다. 그날 할머니가 넘어지셨던 것처럼. 운동화 끈을 동여맸다. 조금만 있으면 매미가 우는 계절이 다가온다. 그 전에 학교를 그만두자. 학교를 그만두면 뭘 하지? 그래. 뭘 할지 고민이라는 건 뭐든 할 수 있다는 거야. 할 수 있어. 만만치 않겠지만, 할 수 있을 거야. 하다가 잘 안되면 그때 다시 생각하자. 숨을 들이쉬고 운이는 주문을 외웠다. 중추전. 심장이 단단해지는 주문이다. 운이가 최근에 만들었다. 중추전. 중추전. 중추전.

"중추전!"

운이는 크게 외쳤다. 그리고 힘차게 백구 계단을 뛰어오르기 시작했다.

낙상 주의 표지판을 오른쪽으로 옮기자

"이운 씨라고 했죠?"

사장은 운이가 작성한 이력서를 들여다봤다.

"이력서가 깨끗하네요. 혹시 오토바이는 탈 줄 아나요?"

"아니요."

"그렇구나. 뭐, 그럴 수 있죠. 면허 따면 되니까요."

"사장님."

"네."

"전 운전하면 안 돼요. 제가 운전한다고 하면 할머니가 놀라 기겁하실 거예요."

"네? 아, 그래요. 그럴 수 있어요. 그럼 이전에 일한 경력은 전혀 없나요? 다른 직종이라도."

"식당에서 설거지했어요. 방학 때마다요."
"할 줄 아는 요리는 없고요?"
"라면은 잘 끓여요."
"그렇구나. 그럴 수 있지, 그럴 수 있어."
사장은 눈을 반쯤 뜨고는 계속 그 말만 반복했다.
"그럼 달리는 건 좀 달리나?"
"아니요. 이제부터 살도 빼고, 노력해 보려고요."
"이제부터? 그래, 그럴 수 있죠."
사장이 외투에서 명함을 꺼내 운이에게 건넸다.
"우리 식당 앞으로도 많이 이용해 줘요. 알겠죠?"
"네."
"그럼 잠깐만 기다려요."
사장은 일어나 주방으로 갔다. 주방에서 사장이 참새처럼 짹짹거리는 목소리가 들렸다. 지금 날 기만하는 거냐는 둥, 아무리 특혜라지만 이건 아니라는 둥, 너부터나 똑바로 하라는 둥. 역시 참새는 독수리 앞에서 아무 말도 할 줄 모른다. 곧이어 고모의 남자 친구인 제이 형이 주방에서 나왔다. 한 손에는 짜장면이 들려 있었다. 고소한 냄새가 났다.
"운."
"네."
"미안. 힘들 것 같아."

제이 형은 사장이 앉았던 자리에 앉아 짜장면을 내려놓았다.
"이거나 먹어라. 분명 여기가 아니라도 너한테 맞는 직장이 있을 거야."
"네."
"난 할 만큼 했어. 정말이야."
"네."
"미안. 맛있게 먹어라."
제이 형이 일어나려고 할 때, 운이가 붙잡았다.
"저."
"왜?"
"단무지 좀 주시면 안 돼요?"

이로써 서른한 번째 면접에서 떨어졌다. 최근에 자신감 높이는 주문을 만들어 외웠지만 떨어지고 말았다. 운이는 결국 삼촌의 식당으로 돌아왔다. 삼촌이 만든 라면과 비빔밥을 손님들에게 서빙하고 계산을 했다. 설거지만 했을 때와 다르게, 이번에는 돈을 받고 일했다. 처음에는 익숙하지 않았지만 그동안 보고 배운 게 있었기 때문인지 금방 적응할 수 있었다. 운이가 일한다는 소식을 듣고 동수는 친구들과 가게를 찾았다. 동수의 친구들은 핸드폰을 손에 쥐고서 게임을 하며 들어왔다. 운이는 동수와 눈이 마주치자 반갑게 맞이했다.

"안녕?"

운이가 밝게 웃었다.

"안녕."

동수가 말했다.

"주문할 거 여기 적어 줘."

운이가 메모지를 건네고 주방으로 가자 친구들은 네 친구냐고 물었다. 동수가 고개를 끄덕였다.

"와, 신기하네. 벌써 일을 해?"

"그렇지."

"학교는 다니는 애야?"

친구들은 흥밋거리를 찾았다는 듯이 운이에 대해 꼬치꼬치 물었다.

"왜 물어봐."

"궁금하니까 물어보지."

"묻지 마. 다 각자의 인생이 있는 법이야."

"뭐야, 꼰대같이."

친구들이 킥킥거리며 웃었다. 동수는 메모지에 비빔밥 두 개와 라면 두 개를 적어 운이에게 건넸다. 운이는 메모지를 받으며 바빠서 미안하다고 말했다.

"괜찮아."

동수는 자리에 돌아와서도 운이에게 더 많은 말을 하고 싶은지 자꾸 운이 쪽을 바라봤다. 하지만 운이는 그런 걸 신경 쓸 여유가 없었다. 손님이 많았다. 헌책방 부부부터 시작해서 아파트 공사를 하시는 분들이 단체로 와서 주방과 홀을 정신 없이 뛰어다녀야 했다. 얼마 지나지 않아 동수의 테이블에도 음식이 나왔다. 친구는 한 입 먹더니 퉤, 하고 휴지에 뱉었다.

"야, 여기 맛이 이상한데?"

친구가 말했다.

"뭐가?"

동수가 물었다.

"먹어 봐. 비빔밥에 소금을 쏟아부었나. 너무 짜."

"그러네. 차라리 급식이 더 맛있겠다."

다른 친구가 말했다.

"인정."

"라면은 그래도 먹어 줄 만하네."

"난 라면도 별로. 좀 불었어. 얼마야, 이거."

"야. 네 친구 알바하는 데 오려고 괜히 우리까지 이렇게 고생해야겠냐."

"맞아."

"그럼 먹지 마."

동수가 하려던 말을 옆 테이블에 앉은 사람이 했다. 그는 근육질에 검은색 나시를 입고 있었다. 길드 마스터 블랙 윈도우였다.

"네?"

블랙 윈도우는 더 이상 고등학생으로 보이지 않았다. 체지방을 완벽하게 제거했는지 딱히 힘을 주지 않아도 팔에 불거진 핏줄이 터질 것 같았다. 블랙 윈도우는 벌떡 일어나 동수의 테이블로 성큼성큼 다가왔다.

"맛없으면 먹지 말고 가게. 옆에서 종알거리니 식사를 할 수가 있어야지. 내 말 알아들었으면 지금 당장 나가거나, 먹거나 둘 중 하나만 하게. 알겠나?"

친구들은 붕어처럼 눈만 끔뻑였다.

"사람이 말하면 대답을 해야지."

길드 마스터는 그 말을 하며 테이블에 팔을 내려놓았다. 퉁, 하는 소리가 들렸다.

"네."

그들은 고개도 들지 않고 허겁지겁 먹었다. 블랙 윈도우는 다시 자신의 테이블로 돌아왔다.

"맛이 좋아. 앞으로도 길드 모임을 여기서 하는 건 어떤가."

"찬성입니다."

"저도요."

"전 라면 두 그릇을 먹어야겠는걸요."

"좋아. 오늘은 내가 쏘지. 월급날이거든. 마음껏 먹게. 그렇다고 내가 자네들을 쏘겠다는 말은 아니야."

"네?"

"농담이야. 아직도 익숙해지지 못했나?"

그들은 크게 웃었다. 동수의 친구들은 그 테이블을 힐끔거렸다. 블랙 윈도우와 같이 앉아 있는 이들도 만만치 않았다. 살이 찐 살라딘과 빨간 머리의 부처가 특히 눈에 띄었다. 친구들은 음식점을 나갈 때까지 단 한마디도 하지 않았다. 물론 운이는 아무것도 알지 못했다.

마감을 하고 나서 밥을 기다리는 이 시간이 운이에게는 하루 중 가장 기분 좋은 시간이었다. 삼촌이 주방에서 음식을 내오기 전까지 운이는 의자에 기대앉아 티브이를 봤다. 기상 캐스터가 올여름도 무척 더울 것이라고 말하고 있었다. 저녁인데도 밖이 밝았다. 운이는 일어나 문을 열고 가게 밖으로 나갔다. 도로에는 차가 지나다녔고, 멀리서 공사하는 소리가 들려왔다. 목욕탕 앞에서 아줌마들이 수다 떠는 소리가 들려오기도 했다. 가게 안에서 정배 삼촌이 요리를 하며 중얼거리는 소리도 들렸다. 수십 가지의 소리가 겹쳐 들려왔다. 그러나 이 모든 소리를 뚫고 들리는 소리가 있었다. 사방에서 매미들이 울어 댔다.

운이는 문득 깨달았다. 열여덟 살이 되어 버렸다는 것을.

"요즘은 어때?"

마루에 앉은 고모가 복숭아 아이스티를 건네며 물었다.

"학교 다닐 때보다 좋아. 고모는?"

"나도 좋아. 앞으로 돈은 많이 못 벌겠지만, 좋아. 나쁘지 않아."

"나도 마찬가지야, 고모."

"다 컸네, 우리 운이."

"뭘. 아직 한참 남았어."

운이는 복숭아보다 맛있는 복숭아 아이스티를 마셨다.

"네가 처음 걸었을 때가 아직도 생각나. 우리가 여기 마루에 모여 앉아서 삼겹살을 구워 먹고 있었는데, 갑자기 방문이 열리더니 네가 서서 걸어오려고 하는 거 있지. 그때 얼마나 놀랐는지 아니? 엄마는 자기만 빼놓고 고기를 구워 먹어서 화가 나서 나온 거라고 했어."

"진짜?"

"응. 그런 애가 벌써 수염이 나기 시작하고, 돈을 다 버네. 웃겨 죽겠어."

"하나도 안 웃긴데."

"치."

"고모."

"응."

"나 돈 모아서 검정고시 학원에 다닐 거야. 여행도 가고, 영화도 볼 거야. 그리고 행운이 따라 준다면 여자 친구도 만날 수 있겠지."

"동수처럼 사랑을 하고 싶어?"

"응. 가슴이 막 뛴다며."

"그럼 이리올라지 안데스카를 외워야겠군?"

"주문을 걸면서까지 만나고 싶진 않아. 주문들은 나를 도와줄 뿐이지, 그 이상도 이하도 아니야. 주문은 엉터리일 수도 있고 아닐 수도 있어. 그래서 주문을 거는 거고."

"어쭈? 제법이다. 근데 너 저번에 죽으러 간 거라며, 서울."

"누가 그래."

"난 다 알아."

고모가 웃으며 말했다.

"미안."

"됐어. 자, 건배."

운이와 고모는 각자 든 컵을 맞부딪쳤다.

"올해는 매미가 엄청 우네. 왜 저렇게 우는 걸까."

고모가 물었다.

"살날이 얼마 안 남아서 슬픈가 보지."

"그런가."

매미 소리 사이로 고모가 아이스티를 홀짝이는 소리만 들렸다.

"운아."

고모가 말했다.

"응."

"죽지 마. 건강하게 살아만 있어 줘."

"고모도."

그들은 복숭아 아이스티를 다 마실 때까지 마루에 앉아 수다를 떨었다. 여름밤이었다.

점쟁이의 근황

운이는 열여덟 번째 생일을 맞이하여 영화관을 찾았다. 영화를 함께 보기로 한 동수는 야간 자율 학습 시간에 몰래 도망쳐 나오지 못했다. 운이는 하염없이 영화관에 앉아 동수를 기다려야만 했다. 그때 운이의 눈에 들어온 것이 바로 점을 봐 드립니다, 라고 적힌 천막이었다. 운이는 호기심이 생겨 그 앞을 기웃거렸다. 대머리 아저씨가 나왔다.

"에이, 장사 더럽게 안 되네."

아저씨는 개량 한복을 입고 있었는데, 왠지 모르겠지만 운이는 그가 낯설지 않았다. 점쟁이는 운이의 시선을 느꼈는지 뒤를 돌아봤다.

"어라."

"네?"

"큰일 났군."

아저씨는 운이를 보고 창백해져서 그렇게 말했다.

"뭐가요?"

"큰일 났어."

"뭐가 큰일 나요?"

"큰일 났어. 큰일 나."

그러면서 아저씨는 다시 천막 안으로 들어갔다. 운이도 안으로 따라 들어갔다. 안에서는 향냄새가 났다. 운이는 들어가는 순간, 잘못 들어왔다는 것을 깨달았다. 아저씨는 의자에 앉아 한문으로 된 책을 넘기고 있었다.

"이리 와서 앉아 봐."

운이는 아저씨 앞에 앉았다.

"이름이 뭔가?"

"이운이요."

"흐음. 혹시 생년월일을 알 수 있을까."

운이는 생년월일을 말했다. 대머리 점쟁이는 한문 책을 한참 넘기다가 마침내 고개를 끄덕였다.

"이럴 수가."

"왜요?"

"자네 수명이 정말 얼마 남지 않았어."

"그게 무슨 말이죠?"

"나는 이 책의 데이터에 의존해 객관적으로 미래를 예측하고 있지. 그런데 자네 운명은 아쉽지만 여기까지야. 그걸 바꿀 수는 없어."

운이는 그럼 어쩌란 말인가, 라는 말을 하고 싶었지만 잠자코 있었다.

"딱 한 가지 방법이 있긴 하지."

점쟁이는 운명을 거스르는 것은 원래 안 되지만, 오직 자네를 위해서 자신이 힘써 줄 수 있다고 했다.

"일단 그 전에 약간의 돈이 필요해."

"얼마요?"

점쟁이는 만보 아저씨처럼 집게손가락 하나를 펴서 내밀었다.

"백 원이요?"

"아니."

"만 원?"

"그 정도 가지고 어떻게 운명을 거스르겠는가!"

점쟁이가 소리쳤다.

"그럼 십만 원이요?"

"그것도 부족하지만 해 볼게."

운이는 일어나서 천막 밖으로 나갔다. 점쟁이는 어이 청년,

하면서 운이를 불러 세웠다.

"그냥 가면 어떻게 해."

"왜요?"

"운명을 거스르진 않더라도 점을 봤잖아. 돈을 내야지."

"아저씨 마음대로 본 거잖아요."

"그럼 안 돼. 어서 줘."

운이는 지갑에서 천 원짜리 몇 장을 건네고 뒤도 보지 않고 가 버렸다. 점쟁이는 운이의 뒷모습을 보며 저주받을 거라고 소리쳤다.

동수는 오늘 못 갈 것 같다고, 미안하다는 메시지를 보내왔다. 담임한테 걸렸어. 다음에 보자. 쏘리. 운이는 메시지를 확인하자마자 핸드폰을 껐다. 영화관을 나와 시내를 걸었다. 시끄러운 음악 소리가 들렸고, 많은 사람들이 걸어 다녔다. 모두 기분이 좋아 보였다. 어디선가 고기 굽는 냄새가 풍겼다. 담배 냄새도 났다. 운이는 거리를 걷다가 집으로 가기 위해 방향을 틀었다.

건너편에 백구 계단이 보였다. 운이는 횡단보도 앞에서 신호를 기다렸다. 누군가 시각 장애인을 위한 안내 버튼을 눌렀는지, 불이 바뀌자 건너가셔도 좋다는 음성이 나왔다. 운이는 그래도 한 번 더 초록불로 바뀐 것을 확인하고 발을 내디뎠다.

한 걸음, 한 걸음 똑바로 앞을 보며 걸었다. 내일은 장을 보기 위해 삼촌과 시장에 가야 한다는 사실이 떠올랐다. 한 달 내로 검정고시 학원에 등록해야지. 시험에 합격하면 이제 뭘 할까. 뭘 하면 좋을까. 서두를 필요 없어. 그때 가서 생각하자고. 잘 될 거야. 운이는 지금 이대로 시간이 멈췄으면 좋겠다는 생각이 들었다. 앞으로 어떻게 될지 모르는 지금 이 순간에.

그때였을까. 속력을 줄이지 않은 택시 한 대가 운이를 향해 다가왔다. 운이는 순간적으로 주문을 외웠다. 바사라. 바사라. 바사라. 갑자기 시간이 멈췄다. 택시도 멈췄다. 운이는 다행히 돌진해 오는 택시를 앞두고 몇 걸음 더 걸을 수 있었다. 운이가 걸음을 옮기자마자 멈춰 있던 시간이 다시 흘렀다. 운이의 옷깃을 스친 택시는 횡단보도를 넘어 멈춰 섰다. 끼익 하는 브레이크 소리가 시내의 잡음 위로 울려 퍼졌다. 택시 기사가 헐레벌떡 밖으로 나와 운이에게 괜찮냐고 묻곤 밤새 운전을 해 잠깐 졸았다며 사과했다. 정말 미안합니다. 다친 곳은 없죠? 네. 기사는 다행이라고, 혹시 무슨 이상이 있으면 연락하라면서 명함을 건넸다. 네, 알겠어요.

운이는 택시가 유유히 사라지는 걸 보고는 다시 걸었다. 눈밑의 상처가 따끔거렸다. 내딛는 발걸음이 더는 두렵지 않았다. 어쩌면 앞으로의 삶에 방금과 같은 위험들이 도사리고 있을지도 모른다. 운이는 그때마다 주문을 잊어버리지만 않는다면, 살아남는 건 그리 어렵지 않을 것 같다는 확신이 생겼다. 선선한 밤공기가 내려앉았다. 매미들이 운이의 새 삶을 환영하듯 세차게 울어 댔다. 초침 소리 같았다. 운이는 그 아래를 힘차게 걸어 나갔다.

우리는 그 시절 이미 주문에 걸려 있었다.

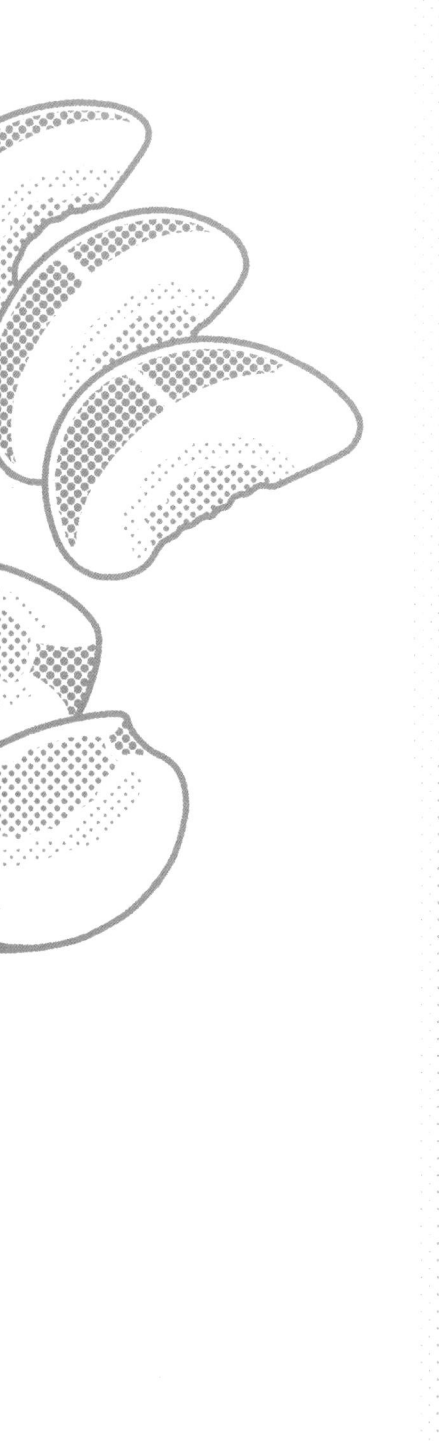

작가의 말

살다 보면 문득 이런 생각이 들 때가 있습니다. 왜 나만 이렇게 힘들까. 왜 나에게만 이런 시련이 닥치는 걸까. 그럴 때면 저는 조용히 눈을 감고 숫자를 셉니다.
하나,
둘,
셋.
아주 사소하지만, 분명히 나를 붙잡아 주는 저만의 주문입니다. 어쩌면 그런 점에서 자신만의 주문을 가진 운이와 닮아 있는지도 모르겠습니다.

운이는 친구들이나 선생님 눈엔 평범하고 심심한 학생입니다. 반에서 특별한 역할도, 강렬한 존재감도 없는, 말하자면 '학생3' 같은 아이죠. 하지만 조금만 더 들여다보면 운이에게는 남들이 모르는 세계가 있습니다. 열여덟이 되면 죽는다는 점쟁이의 말을 듣고선 복숭아를 물고 다니며, '블랙 윈도우'라는 길드 안에서 자기만의 방식으로 살아가는 아이. 그래서 저는 이번만큼은 이 친구에게 밝은 조명을 켜 주고 싶었습니다.

누구나 자기만의 아픔을 품고 살아갑니다. 그 아픔은 넓이가 없고 깊이만 있어 오직 자기 자신만이 알 수 있죠. 살다 보면 마음이 무너지는 순간은 누구에게나 찾아옵니다. 중요한 건, 그다음 어떻게 다시 일어설 수 있느냐입니다. 그럴 때 필요한 건, 설명할 수는 없지만 나만이 알고 있는 아주 작고 조용하면서도 단단한 무언가일 수 있습니다. 운이에게 있어 그것은 주문이었습니다.

주문은 세계를 조금 더 생동감 있게 보게도 하고, 때론 믿음의 씨앗이 되어 주기도 합니다. 이 이야기는 바로 거기서부터 시작됐습니다. 이 책이 삶이 막막한 누군가에게 작은 쉼이 되어 주길 바랍니다.

그리고 세상 속 또 다른 '운이'들에게 이 책을 바칩니다.

감사합니다.

2025년 늦여름
이동현